Chères lectrices,

Dans la vie, il est certaines choses dont on ne se lasse pas… le réveillon de Noël en fait partie. Pourtant, vous avouerez que c'est un événement on ne peut plus prévisible : tous les ans, à la même date, la même tablée se réunit le plus souvent autour du même menu avant d'ouvrir des cadeaux qui seront, eux, la véritable surprise de la soirée.

Dans ce cas, pourquoi cette fête nous plaît-elle autant ? Justement à cause du rituel qu'elle instaure. Alors que les aléas de la vie nous amènent souvent à vivre loin de ceux que nous aimons, Noël est l'un des rares moments où nous pouvons nous retrouver en famille, et reconstituer les grandes tablées de notre enfance, où cousins, cousines, oncles et tantes, grands-parents, parents et enfants partagent plus qu'un simple repas : le bonheur d'être ensemble.

C'est sans doute pourquoi, les générations passant, le succès de Noël semble ne jamais se démentir… pour la plus grande joie de tous !

Je vous souhaite de très chaleureuses fêtes de fin d'année, et vous donne rendez-vous l'année prochaine !

La responsable de collection

Un mari pour Noël

LIZ FIELDING

Un mari pour Noël

COLLECTION AZUR

éditions **Harlequin**

Cet ouvrage a été publié en langue anglaise
sous le titre :
A SURPRISE CHRISTMAS PROPOSAL

Traduction française de
JEAN-BAPTISTE ANDRÉ

HARLEQUIN®

est une marque déposée du Groupe Harlequin
et Azur® est une marque déposée d'Harlequin S.A.

1.

— Quel genre de travail recherchez-vous, au juste, mademoiselle Harrington ?

— Je vous en prie, appelez-moi Sophie. C'est ce que fait Peter.

Et où est le Peter en question quand j'ai besoin de lui ? Cela fait pourtant cinq ans que je lui fais bénéficier de mon extraordinaire potentiel, dramatiquement sous-exploité, en fréquentant son agence d'intérim ! J'ai en effet pour habitude de passer le voir quand je m'ennuie. Ou qu'un employeur me fait comprendre qu'il est temps pour moi d'élargir mes horizons et d'aller voir ailleurs. Ou au contraire qu'un patron se prend d'affection pour moi et devient un peu trop collant. Ça m'est arrivé plusieurs fois.

Ce qui motive de nouveau ma présence dans l'agence, c'est que j'ai pris conscience de ne pas être à la hauteur de ce que mon employeur actuel attendait de moi. J'ai donc préféré lui éviter le pénible devoir de me renvoyer et j'ai pris les devants, même si le moment n'est guère idéal pour me retrouver au chômage.

Mais face à cette femme glaciale que je ne connais pas, assise de l'autre côté du bureau, je me demande si je n'ai pas agi un peu vite.

— N'importe quel genre de travail, reprends-je en constatant qu'elle n'a aucune envie de m'appeler par mon prénom. Je ne suis pas difficile. Tant que ce n'est pas un poste qui implique l'utilisation d'un ordinateur. J'en ai jusque-là des ordinateurs.

Je mets ma main à hauteur de mon front pour lui indiquer jusqu'où j'en ai exactement, espérant lui arracher un sourire. Elle reste de marbre.

— C'est tout à fait regrettable, répond-elle d'une voix glaciale. Votre expérience chez Mallory semble être le point fort de votre CV. Je suppose qu'ils vous ont fourni une lettre de recommandation ?

Je toussote, gênée. En guise d'entretien d'embauche, j'avais simplement flirté à une soirée avec un chef de projet informatique qui, par le plus grand des hasards, était à la recherche d'une assistante. Je ne lui avais pas caché que je n'avais aucune formation en la matière mais que j'étais résolue à faire de mon mieux. Ponctuée d'un sourire et d'un battement de cils, cette promesse avait suffi à le convaincre de me donner ma chance.

Mes cils et mon sourire m'avaient malheureusement été d'un piètre secours lorsque je m'étais retrouvée face à un ordinateur, et l'excellent café que je préparais n'avait pas suffi à rattraper le fait que je tapais à deux doigts à la vitesse d'un escargot.

Je sais ce que vous allez dire : j'aurais dû démissionner plus tôt. Et pour être honnête, je vous répondrai que je ne me suis accrochée à ce travail que parce que le grand patron de la société qui m'employait, Richard Mallory, vient d'épouser ma meilleure amie. C'est moi qui les ai présentés, et je n'en suis pas peu fière. Je ne voulais pas embarrasser Richard en démissionnant tout de suite, il

8

se serait senti obligé de me retenir. J'ai donc attendu son départ en lune de miel.

Je suis maintenant officiellement au chômage. Et vous comprenez bien qu'étant donné les circonstances, je n'ai pas pu demander de lettre de recommandation à Richard ! De toute façon, cela aurait été malhonnête. J'ai eu beau essayer, je ne suis vraiment pas faite pour être secrétaire.

— Je suis davantage prédisposée aux métiers où il n'est pas nécessaire d'utiliser un clavier, réponds-je, éludant soigneusement sa question. J'ai travaillé comme réceptionniste, ajouté-je en désignant mon dossier, posé devant elle. Tout est là-dedans. Tous les métiers que j'ai exercés.

Le dossier est épais, mais cela ne paraît pas impressionner le dragon qui me fait face, bien au contraire.

— Presque tous les emplois, de nos jours, requièrent l'emploi d'un ordinateur, fait-elle valoir.

— Oui, j'en ai bien conscience.

De nouveau, je lui adresse mon super-sourire, essayant de faire fondre le mur de glace qui nous sépare. En vain. C'est bien ma veine. Face à un homme, les choses auraient été plus faciles. Les hommes sont des créatures simples et prévisibles, et la vue d'une paire de jambes fuselées — comme les miennes — leur fait en général reléguer au second plan mon incompétence en matière informatique.

Mais je ne suis pas sexiste. Si cette femme est prête à me donner ma chance, je suis tout à fait disposée à travailler avec elle.

Ah, tiens, voilà une chose qui devrait l'impressionner !

— J'ai été employée dans une galerie d'art, une fois. Enfin, jusqu'au jour où mon patron m'a coincée dans la cuisine et m'a fait comprendre que si je ne faisais pas des heures supplémentaires dans son lit, il me mettrait à la porte. Je me suis bien fait avoir, je dois l'avouer. Jamais je ne l'aurais cru capable de ça. Il paraissait complètement inoffensif, avec ses vestes de tweed et ses pantalons de velours.

— De nombreuses opportunités de rencontrer de riches collectionneurs, j'imagine. Désolée, mademoiselle Harrington, mais nous ne dirigeons pas une agence de rencontres.

Pff, si seulement elle savait à quel point elle se trompe sur mes intentions !

— Je n'ai pas besoin d'une agence de rencontres, réponds-je un peu plus sèchement que je ne l'aurais voulu.

Il est vrai que je n'ai aucun mal à attirer les hommes. J'en ai bien plus à les convaincre, en revanche, que je ne suis pas intéressée ! Ceux qui arrivent à s'en remettre deviennent en général mes amis. Les autres, je les oublie. Alors côté rencontres, je n'ai besoin de personne, merci ! Ce dont j'ai besoin, c'est d'un travail. Et vite.

— Je vois en général Peter, dis-je poliment, lui offrant ainsi une échappatoire qui nous profiterait à toutes les deux. Est-ce qu'il est là ? Il connaît parfaitement mon dossier et comprend ce qui me convient.

L'autre me décoche un regard qui me laisse entendre qu'elle aussi ne comprend que trop bien ce qui me convient.

— Peter est en vacances. Si vous voulez le voir, il faudra repasser la semaine prochaine. Mais je doute que même lui soit capable de vous aider. Les entreprises recherchent de nos jours des employés utiles plutôt que des… ornements.

Avant que je puisse protester, le dragon indique mon dossier et enchaîne :

— Vous avez occupé beaucoup de postes, mademoiselle Harrington, mais vous ne me semblez qualifiée pour aucun en particulier. Avez-vous, ou avez-vous jamais eu, un plan de carrière ?

— Un plan de carrière ?

Cette femme me prend donc pour une parfaite idiote ? Bien sûr que j'avais un plan de carrière. Et des meilleur, s'il vous plaît ! Un plan de carrière qui commençait dans la dentelle et la soie, sous un grand dais dans le jardin de mes parents. J'ai commencé à l'élaborer du jour où j'ai rencontré Perry Fotheringay, moulé dans une paire de jodhpurs, à un concours hippique organisé par une association caritative que présidait ma mère.

Je devais me fiancer à dix-neuf ans, me marier à vingt. Je comptais avoir quatre enfants, avec une gouvernante pour s'en occuper et se charger des aspects les moins ragoûtants du travail, les couches, les biberons et tout le tralala. Nous aurions vécu dans un manoir élisabéthain à Berkshire.

C'était parfait, non ?

Eh bien, non. Tout ça parce que Perry Fotheringay, homme éminemment séduisant et accessoirement propriétaire du manoir en question, m'a fait comprendre que son propre plan de carrière ne collait pas avec le mien. Du moins pour la partie nuptiale.

Et quand mon plan est tombé à l'eau, je n'ai simplement pas eu le courage de tout recommencer. Perry m'avait volé mon cœur et avait oublié de me le rendre. Il était sans doute enfermé dans son armoire à trophées.

Mon erreur a été de croire, quand il m'a dit qu'il m'aimait, que le mariage suivrait. Plus grave encore, j'ai eu la bêtise de tomber éperdument amoureuse de lui. J'ai découvert, un peu tard, que les hommes tels que lui ne se mariaient pas par amour, mais pour les avantages qu'ils peuvent retirer de cette vénérable institution. Après avoir profité de moi et de ma stupidité, Perry a fini par épouser une héritière dont la fortune lui permettrait de couvrir les frais d'entretien de son manoir. Et il lui resterait assez d'argent pour continuer de mener la grande vie, et de se vautrer dans le luxe qui, estimait-il, lui était dû. Il n'a fait en cela que reproduire le modèle de son père.

Comme Perry me l'a expliqué quand je lui ai fourré sous le nez l'exemplaire du *Times* annonçant son mariage, les Fotheringay n'ont pas pour habitude de travailler pour gagner de l'argent. Le mariage leur suffit pour ça.

Bref, voilà pourquoi je me retrouve coincée dans cette agence d'intérim lugubre, le jour même de mon anniversaire, au lieu d'organiser une grande soirée avec toutes mes amies. Je ne suis pas d'humeur à faire la fête. Et d'ailleurs, qu'y a-t-il à fêter ? J'ai vingt-cinq ans, un quart de siècle ! Et pour couronner le tout, mon père a décidé de me couper les vivres et de ne plus me verser la pension que ma grand-mère m'a laissée, pour me forcer à trouver un travail.

Oh, ce n'est pas la première fois qu'il menace d'employer les grands moyens. Mais c'est la première fois qu'il met sa menace à exécution !

Il m'a assuré que c'était pour mon bien.

Mon bien, tu parles. Je ne suis peut-être pas aussi brillante que ma sœur Kate, mais je ne suis pas stupide. Je sais très bien ce que mon père a derrière la tête. Il s'imagine que mes difficultés financières vont me forcer à revenir à la maison et à jouer les bonniches pour lui. Une perspective horrible, un peu comme un mariage, mais sans les avantages. C'est probablement la conclusion à laquelle est arrivée ma mère, puisqu'elle est partie avec le premier homme qui a eu la gentillesse de lui faire un compliment — chose qui ne lui était pas arrivée depuis le jour où elle était devenue Mme Harrington.

— Alors ?

Bon, voilà que l'iceberg s'impatiente. Je lui souris aimablement et je réponds :

— Je n'ai pas de plan de carrière en tant que tel.

Ou plutôt, j'ai bien conscience du fait que mes projets romantiques ne l'impressionneront guère. Elle serait bien capable de me répondre qu'il ne s'agit pas d'un plan de carrière ! Et elle aurait raison. Cela relève davantage du fantasme irréalisable.

— Mais j'ai de vrais talents en matière domestique, dis-je avec conviction.

— Domestique ?

Le dragon a bien failli sourire. Quelque chose semble la réjouir.

— Quel genre de talents domestiques ?

— Eh bien... l'arrangement floral, par exemple ? Je peux faire des miracles avec, euh, une brassée de foin et des fleurs des champs.

— Je vois.

Il y a un silence prolongé, puis mon interlocutrice reprend :

— Avez-vous un quelconque diplôme en la matière, ou avez-vous suivi une formation que je pourrais faire valoir auprès d'un éventuel employeur ?

Là, il me faut bien avouer que ce n'est pas le cas. Il n'empêche que l'Association des Femmes au Foyer avait complimenté ma mère sur mes arrangements floraux à l'occasion de la dernière kermesse. Bon, peut-être pas complimenté. En tout cas, elles n'avaient rien trouvé à redire à mes bouquets, que j'avais dû improviser à partir de fleurs sauvages. Mon père avait en effet passé une tondeuse vengeresse dans les plates-bandes où ma mère faisait pousser ses fleurs préférées, lorsqu'elle lui avait appris qu'elle avait décidé de partir pour l'Afrique du Sud avec son séduisant professeur de golf. Bref, j'avais dû me débrouiller avec ce que je pouvais trouver, et je crois que je m'en suis très bien sortie. Mais une nouvelle fois, quelque chose me dit que ce mini-exploit ne suffira pas à persuader le dragon de mon immense potentiel.

— Vous n'avez rien d'autre à faire valoir ?

Décidément, cette femme commence à m'énerver. Ce n'est pas parce que je suis incapable de taper un million de mots à la seconde que je ne suis bonne à rien. Il y a plein d'autres choses que je sais faire.

— Je suis douée pour organiser ! dis-je, prise d'une soudaine inspiration.

— Pour organiser ?

Eh bien, oui, je sais organiser de grandes fêtes, par exemple. Mais un seul regard à l'iceberg me fait comprendre qu'organiser des fêtes ne constitue pas davantage, pour elle, une qualification professionnelle digne de ce nom. J'opte donc pour une approche plus subtile.

— Je peux organiser des galas caritatifs, je l'ai déjà fait.

J'omets de préciser qu'en ces occasions, je n'ai fait qu'assister ma mère. Mais contrairement à ma sœur, trop occupée par ses études, cela m'a toujours amusée. Bien plus que la perspective de réviser pendant des heures des matières plus austères les unes que les autres. Les études m'ont toujours paru complètement superfétatoires, d'autant que je comptais bien faire un beau mariage qui me permettrait de ne pas travailler.

Hélas, quelque chose dans ce beau plan a mal tourné. Je vous assure que je regrette bien, en ce moment, de ne pas avoir été plus attentive en classe !

— Je peux également confectionner des gâteaux, des sandwichs et des scones en grandes quantités... et au dernier moment !

Chose que je n'ai plus faite depuis que j'ai quitté la maison à dix-huit ans, pour ne plus avoir en allant au village à croiser Perry, au volant de la Ferrari que lui avait payée sa femme.

— Et je parle français, reprends-je, m'emportant quelque peu.

— Bien ?

Comme j'hésite entre une réponse honnête et un mensonge éhonté, la traîtresse me demande quelque chose en français. Trop vite pour que je comprenne quoi que ce soit. L'intonation me laisse supposer que c'est une question, c'est tout.

Je me dépêche donc de reprendre la liste de mes talents.

— Je joue aussi du piano. Et je sais comment appeler n'importe qui, que ce soit un duc ou un archevêque. L'étiquette n'a pas de secrets pour moi.

Le dragon m'interrompt avant que je puisse me ridiculiser davantage.

— Dans ce cas, il semble que vous ayez raté votre vocation. Vous étiez clairement destinée à épouser un membre de la famille royale.

Je me mets à rire, avant de réaliser que mon interlocutrice est restée de marbre. De pire en pire... Contrairement à

Peter, cette femme n'a pas le moindre sens de l'humour. Contrairement à lui également, elle ne voit pas dans mon absence de qualifications un défi à relever, mais une perte de temps.

L'espace d'un instant, je me demande si ce n'est pas elle qui a raison, et si je ne ferais pas mieux de réviser mes priorités. Je me promets en silence de le faire au plus vite. Dès que j'aurai un travail.

Un soupir de découragement franchit mes lèvres.

— Ecoutez, je n'ai pas besoin d'un travail qui me rapporte une fortune. Je veux juste pouvoir payer mes factures.

Dieu merci, grâce à la générosité de ma tante Cora, mes frais sont limités. Elle m'autorise en effet à occuper gratuitement l'appartement londonien que son divorce lui a valu de gagner, elle-même préférant vivre dans sa maison du sud de la France.

— Je suis prête à accepter n'importe quoi. Vraiment.

— Je vois. Dans ce cas, peut-être devrions-nous profiter de vos prédispositions pour les tâches domestiques ? Je n'ai pas beaucoup de demandes dans le domaine de l'arrangement floral, mais comment vous débrouillez-vous côté nettoyage ?

— Nettoyage ? Nettoyage de quoi ?

— De tout ce que les gens préfèrent faire nettoyer par quelqu'un d'autre plutôt qu'eux-mêmes. Les cuisines sont en général en tête de liste, mais les sols et les toilettes sont également très populaires.

Le dragon devait plaisanter. Moi, femme de ménage ?

— Je n'ai aucune expérience en la matière, fais-je valoir.

16

Chez tante Cora, une femme vient trois fois par semaine s'occuper de tout ce qui suppose l'usage de gants de caoutchouc. Ses tarifs sont plutôt prohibitifs, mais j'avais prévu de sous-louer la chambre laissée vacante par ma sœur, après son mariage, pour couvrir les frais. Malheureusement, Cora a profité du départ de Kate pour offrir la chambre à des amis à elle, qui y resteront le temps de se trouver un appartement à Londres.

Les amis en question sont là depuis plusieurs mois et n'ont toujours rien trouvé. Et ils n'ont aucune raison de se presser, ravis qu'ils sont d'être logés à l'œil dans le centre de Londres !

— C'est tout à fait regrettable, me dit le dragon avec un haussement d'épaules. Nous trouverons toujours du travail pour quelqu'un de débrouillard. Vous m'aviez dit que vous étiez prête à accepter n'importe quoi mais apparemment, ce n'est pas le cas.

Sur ce, le dragon se lève, m'indiquant que l'entrevue est terminée.

— Je vous contacterai si quoi que ce soit se présente dans votre… secteur d'activité.

Elle ponctue sa promesse d'un sourire glacial destiné à me faire comprendre que cela n'arrivera sans doute jamais. Ma fierté se rebelle brusquement et je décide, sans vraiment réfléchir, de lui faire ravaler son arrogance.

— J'ai dit que je n'avais pas d'expérience en la matière. Pas que je n'étais pas disposée à essayer.

Je regrette ces mots sitôt que je les ai prononcés. Mais au moins ai-je la satisfaction de voir une surprise fugace traverser le visage de mon interlocutrice. Reste à espérer que ce bref moment de plaisir me soutiendra lorsque je me retrouverai à quatre pattes, la tête dans un four graisseux…

— Bien, dit-elle avec un rictus narquois. Nous finirons bien par vous trouver un emploi.

J'ai comme l'impression qu'elle va se faire un devoir de me dégotter le travail le plus répugnant et difficile qu'elle pourra exhumer de ses fichiers. Mais après tout, je pourrai toujours refuser à la dernière minute.

— J'ai votre numéro. Je vous appelle dès que j'ai quelque chose pour vous.

— Formidable, dis-je avec une gaieté forcée.

En attendant, il ne me reste plus qu'à m'offrir une paire des meilleurs gants de caoutchouc que je pourrai trouver. Après tout, c'est mon anniversaire, non ?

« *Tout ira bien*. » C'est en tout cas ce que je me répète en sortant de l'agence et en m'apprêtant, machinalement, à héler un taxi. Mais je me ravise et décide de prendre le bus pour rentrer chez moi. Cela me fera une substantielle économie.

Oui, tout finira par s'arranger. Peter rentrera bientôt de vacances et me trouvera un travail. Ma vie reprendra son cours normal, ou presque. En attendant, je n'ai qu'à me serrer la ceinture.

Alors que je passe devant un kiosque à journaux, l'idée me vient de m'acheter un journal de petites annonces. Après tout, je n'ai pas besoin d'une agence d'intérim pour me trouver un travail. Je suis parfaitement capable de m'en dégotter un toute seule !

Ragaillardie par cette idée, je me mets à chantonner gaiement, tout en achetant mon journal. J'ai plein de qualités à faire valoir et je finirai bien par trouver un employeur qui voudra me donner ma chance. De toute façon, c'est ça ou devenir l'esclave domestique de mon père.

Je suis bien résolue à lui montrer de quoi je suis capable, à lui aussi !

Bon, d'accord, je suis beaucoup plus douée pour m'amuser que pour travailler, ainsi qu'en atteste mon absence de diplôme. Mais j'ai ouvert les yeux. J'ai pris conscience du sérieux de ma situation. Je vais prendre les choses en main et leur montrer, à tous, de quel bois se chauffe Sophie Harrington !

Il est grand temps qu'à vingt-cinq ans, je prenne ma vie en main. Sans quoi vingt-cinq autres années risquent de passer sans que j'aie eu le temps de dire « ouf ». Et je n'ai aucune envie de faire le point sur ma vie, à cinquante ans, pour constater que j'ai tout gâché.

Sur le chemin du retour, je m'arrête pour acheter de la nourriture pour chat. J'en profite pour prendre un autre quotidien et commence à parcourir les petites annonces en attendant que la caissière se décide à cesser de flirter avec le client précédent. Avec ravissement, je constate que je peux aussi chercher du travail sur Internet. Pourquoi suis-je donc allée dans cette agence d'intérim… ?

Dans le bus qui me ramène enfin à la maison, j'entoure plusieurs petites annonces qui me semblent convenir plus ou moins à mon profil ou, à tout le moins, à mes désirs. Je manque de rater mon arrêt, descends en catastrophe et salue d'un geste amical Paul, le clochard du quartier. Il me montre le journal qu'il vend pour survivre, et je ne peux m'empêcher de lui glisser une pièce d'une livre. Après quoi je me penche pour caresser son chien, un adorable bâtard noir et blanc aux oreilles tombantes. Allez, je lui donne une livre à lui aussi.

— Tiens, va t'acheter un os.

Voilà qui annule plus ou moins les économies que j'ai faites en prenant le bus. Mais c'est pour la bonne cause, non ?

Je regagne enfin mon immeuble par l'entrée de service, afin de pouvoir nourrir la petite chatte tigrée qui y a élu domicile. Elle apparaît dès qu'elle m'entend secouer sa gamelle. Puis je fais un crochet par les boîtes aux lettres pour relever mon courrier, ravie que mes colocataires se soient absentés pour une semaine. Cela devrait me permettre de me concentrer sur ma recherche d'emploi.

J'ai beau faire mine d'ignorer que c'est aujourd'hui mon anniversaire, mes amis et ma famille se sont chargés de me le rappeler. Ma boîte déborde de cartes de vœux et le gardien, en m'entendant, apparaît pour me donner un paquet de ma sœur et un bouquet de magnifiques tournesols.

J'ignore où le fleuriste a pu en trouver de pareils en cette saison. Une petite carte m'apprend qu'ils viennent de Richard et Ginny. Incroyable qu'ils aient pensé à moi au beau milieu de leur lune de miel, à un moment où personne ne pourrait leur en vouloir de se montrer parfaitement égoïstes et d'oublier le reste du monde ! J'en suis émue.

Philly m'a également fait envoyer une orchidée. Cela fait une éternité que je n'ai pas vu mon ex-colocataire. Cal et elle sont toujours partis, me semble-t-il, aux quatre coins du globe pour réaliser des documentaires animaliers. La naissance de leur petite fille n'a en rien ralenti leur rythme. Où qu'ils aillent — jungle, montagne ou océan — ils l'emmènent toujours avec eux.

Il y a également un bouquet de roses envoyé par ma mère. En le voyant, je suis prise d'une soudaine envie de pleurer. A croire que tous les gens que je connais sont mariés, ou heureux en amour — même ma mère ! Et moi je reste plantée là comme une cruche, à jouer les demoiselles d'honneur aux mariages des autres, l'éternelle bonne-copine-célibataire.

J'ouvre enfin le paquet de ma sœur. J'y trouve, enveloppé dans du papier de soie, un pot d'antirides de puissance industrielle. C'est bien là l'humour de Kate, et je ne peux réprimer un sourire. Sous la crème se trouve une enveloppe contenant un bon pour une journée de soins dans un spa luxueux de la ville.

Parfait. Voilà exactement ce dont j'ai besoin. De rire et qu'on s'occupe de moi. Kate l'a bien compris.

Je regagne enfin mon appartement, et le téléphone se met à sonner au moment même où je referme la porte. Je lâche mes paquets sur le canapé et cours répondre, m'attendant à entendre quelqu'un me chanter « Joyeux anniversaire » au bout du fil.

— Sophie Harrington, célibataire, sexy et prête à s'éclater ! dis-je en prenant le combiné.

— Mademoiselle Harrington ?

La voix du dragon que j'ai quitté il y a peu fige mon sourire sur mes lèvres.

— Aimez-vous les chiens, mademoiselle Harrington ?

— Les chiens ?

Elle voulait me faire nettoyer des chiens ? Je m'assieds, abasourdie.

— L'un de nos clients a besoin de quelqu'un pour promener ses chiens, et j'ai pensé que c'était un travail pour lequel vous seriez parfaitement compétente.

Ah-ah, très drôle. Je m'apprête à envoyer mon interlocutrice sur les roses, et à lui dire ce qu'elle peut faire de son offre d'emploi, mais je me retiens en dernière minute.

J'ai affirmé être prête à accepter n'importe quoi. Peut-être le dragon veut-elle me tester. Et je ne vais pas tout gâcher sous prétexte que je suis trop fière pour promener le chien de quelqu'un d'autre. Surtout que je le ferais sans doute gratuitement si on me le demandait gentiment.

J'adore les chiens. On peut compter sur eux davantage que sur bien des hommes. Ils ne vous laissent jamais tomber, eux, n'ont pas de secrets, ne vous manipulent pas.

Bon, puisque le dragon ne prend pas la peine d'être aimable, autant parler argent tout de suite.

— Combien est-ce payé ?

Elle me donne le montant. C'est moins que ce que je gagnais en jouant les secrétaires, mais je ne peux malheureusement pas me permettre de faire la difficile.

— C'est pour deux heures par jour. Une tôt le matin et une le soir. Ça vous laissera le temps de faire un autre travail dans la journée.

L'image d'un four graisseux apparaît un instant devant mes yeux, et je ne peux retenir un frisson. Mais le dragon a raison. Promener un chien, ce n'est pas très compliqué. Ça me fera de l'argent de poche. Et je profiterai de mon temps libre pour chercher un véritable travail.

— Formidable, dis-je avec entrain. Quand dois-je commencer ?

— Ce soir. C'est une urgence.

Evidemment. Un type était trop paresseux pour sortir ses chiens, il avait les moyens de payer quelqu'un pour le faire, et cela devenait une urgence nationale.

22

— Vous êtes disponible tout de suite, n'est-ce pas ? renchérit le dragon.

— Eh bien, il se trouve que c'est mon anniversaire, dis-je d'un ton suave. Mais je suppose que je peux prendre une heure sur les nombreuses réjouissances que j'ai prévues pour promener un chien.

— *Deux* chiens.

— Je suis payée au chien ? Ou à l'heure ?

Je connais déjà la réponse, mais ça ne coûte rien d'essayer, n'est-ce pas ?

— Vous êtes payée à l'heure, mademoiselle Harrington. Pas au nombre de chiens.

— Je gagnerais donc la même chose en ne promenant qu'un seul chien ?

La question me paraît mériter d'être posée, mais le dragon ne condescend même pas à y répondre. Tout ce qu'elle me dit, c'est :

— Le client s'appelle York. Gabriel York. Si vous avez un stylo sous la main, je vais vous donner son adresse.

2.

Je suis en retard. De vingt bonnes minutes. Mais ce n'est pas ma faute, d'accord ? Qu'y puis-je si tous mes amis m'ont appelée pour me souhaiter mon anniversaire, et me demander quels étaient mes projets pour la soirée ?

Je n'avais rien prévu de particulier, mais j'ai fini par me laisser convaincre de retrouver Tony au pub à 9 heures.

C'est ensuite ma mère qui m'a téléphoné d'Afrique du Sud, fermement décidée à me raconter tout ce qu'elle faisait avec son professeur de golf. Enfin, presque tout. Je ne pouvais tout de même pas lui répondre que j'avais autre chose à faire, n'est-ce pas ?

De toute façon, ce n'est pas une question de vie ou de mort. Les chiens ne savent pas lire l'heure, et je n'ai rien à faire avant 21 heures. Je rattraperai donc les vingt minutes de retard en partant vingt minutes plus tard. Gabriel York et ses chiens auront leur heure de travail, et tout le monde sera content.

L'adresse que m'a donnée le dragon s'avère être une élégante maison nichée dans la verdure au fond d'un cul-de-sac. Le quartier est résidentiel, à en juger par les voitures garées dans la rue. La porte de la maison, noire

24

et laquée, est flanquée de deux bacs de bronze sculptés contenant deux lauriers taillés en boule. Les bacs à eux seuls doivent valoir une petite fortune, et je me demande s'il est bien prudent de les laisser dehors. Mais il est vrai qu'il doit falloir une grue pour les déplacer...

La poignée et l'anneau doré fixés au battant brillent de mille feux, arborant une patine que des générations de domestiques ont dû entretenir. Ce spectacle me rappelle que c'est précisément le genre de travail qui m'attend si je ne prends pas ma vie en main rapidement. J'en ai des frissons rien que d'y penser !

Bref, l'endroit paraît sortir d'un film historique et évoque la résidence d'un de ces riches aristocrates qui, enfermé dans sa tour d'ivoire, ignore tout des tribulations et de la crasse du vrai Londres, celui du peuple, à quelques kilomètres de là à peine. C'est une rue réservée aux grands de ce monde, et je m'y sens aussi peu à mon aise qu'un éléphant dans un magasin de porcelaine.

Mais c'est ma faute, après tout. J'ai en effet complètement oublié de demander quel genre de chiens possédait M. York. Un seul coup d'œil aux lauriers si soigneusement taillés me permet de le deviner aisément. Ce sont sûrement ces affreux caniches à la queue en pompon. Ils auront au moins le mérite de ne pas m'épuiser.

Tout en montant les marches, j'essaie également de me représenter l'occupant de la luxueuse demeure. Mon imagination, à laquelle je lâche la bride, me représente aussitôt un homme petit et mince, d'une cinquante d'années, à la belle barbe grise impeccablement entretenue, aux mains fines de pianiste. Il portera sans doute un nœud papillon et travaillera dans le domaine artistique. Je le vois bien veuf. Ou homosexuel.

Bon, j'ai bien conscience de m'être laissé emporter par mes préjugés. Il se trouve que je déteste, de façon aussi irrationnelle qu'entière, les lauriers taillés et les caniches tondus.

Pauvres animaux.

J'appuie enfin sur la sonnette et attends, non sans impatience, de voir si la réalité coïncide avec ce que je me suis imaginé.

Les chiens, d'abord. J'ai à peine sonné que des aboiements farouches retentissent. L'un juste derrière la porte, grave et sonore, l'autre plus loin dans la maison, évoquant un loup qui hurle à la lune. L'animal qui se trouve juste derrière la porte se jette contre le battant et, si ce dernier est trop massif pour bouger, j'entends néanmoins un choc dont la force met à mal ma théorie des caniches. Ça m'apprendra à déduire n'importe quoi de la présence de lauriers taillés sur un perron.

Ou alors, peut-être s'agit-il bien de caniches, mais géants !

Malheureusement, les chiens sont les seuls à me répondre. La porte reste obstinément fermée, et aucune voix humaine ne vient, comme je m'y attendais, calmer les animaux.

En d'autres circonstances, j'aurais sans doute sonné une deuxième fois. Mais le tonnerre d'aboiements que ma présence a déclenché devrait suffire à alerter le maître des lieux. Je décide donc d'attendre.

Et d'attendre encore.

Après quelques instants, le chien qui se trouve juste derrière la porte cesse d'aboyer pour se mettre à gémir. Puis j'entends un léger grattement.

Là, je commence sérieusement à m'énerver. Je ne suis pas si en retard que ça, après tout. Et il va bien falloir promener les chiens. Irritée, je lève de nouveau la main pour sonner, mais mes doigts se replient au moment de toucher le bouton, en même temps qu'un étrange sentiment de malaise m'envahit.

— Ohé ! fais-je à travers la porte.

Je me sens un peu stupide de parler à un chien. Les grattements redoublent, de l'autre côté, et je m'agenouille pour pousser la plaque argentée de la boîte aux lettres. Je me retrouve au niveau de deux yeux marron entourés de fourrure caramel. Un lévrier.

— Bonjour, toi ! Comment tu t'appelles ?

L'animal se met à japper, puis à gémir. Bon, d'accord, j'admets que c'était une question idiote.

— Est-ce qu'il y a quelqu'un d'autre dans la maison ? reprends-je, tentant de voir dans le hall, derrière l'animal.

Comme s'il comprenait mon intention, l'animal recule, m'offrant un meilleur point de vue sur son corps gracile et musclé, sur son pelage soyeux. Puis il aboie une nouvelle fois et tourne la tête, comme pour me dire : « Ce n'est pas moi qu'il faut regarder, idiote ! C'est par là ! »

C'est alors que j'aperçois Gabriel York, et que je réalise que je me suis trompée sur son compte.

Il n'a pas de caniches et n'est pas un petit homme barbu d'une cinquantaine d'années.

Gabriel York est un homme d'au moins un mètre quatre-vingt-cinq, tout en muscles, d'une trentaine d'années. Et s'il n'a pas répondu à la sonnerie, c'est qu'il est en ce moment allongé au beau milieu de l'entrée. Inconscient.

Un second lévrier, allongé à son côté, lève la tête pour couler un regard désespéré vers moi. Puis, du museau, il pousse le visage de son maître, comme pour essayer de le réveiller. Gabriel York reste immobile et l'animal se tourne de nouveau vers moi. Je comprends brusquement son message.

Fais quelque chose !

Oh, bon sang. Oui, bien sûr. Tout de suite. Maintenant. Vite !

Fébrilement, j'attrape mon téléphone mobile et, tremblant comme une feuille, compose le numéro des urgences.

C'est incroyable le nombre d'informations qu'on vous demande ! Je ne peux en fournir aucune à l'opératrice, à part l'adresse et le fait qu'il y a un homme inconscient allongé dans l'entrée. Comment puis-je savoir s'il s'est cogné la tête ? Et de toute façon, quelle différence est-ce que ça fait ?

Quelque chose de ma panique doit filtrer dans ma voix, car du même ton qu'on emploie pour calmer une jument nerveuse, un enfant ou un parfait idiot, elle me demande de rester où je suis. Les secours, m'assure-t-elle, seront là dans quelques instants.

J'ai à peine raccroché que je me rends compte de ma stupidité. J'ai oublié de préciser la *seule* chose que je savais, à savoir que la porte était fermée !

Désespérée, je regarde autour de moi dans l'espoir de voir passer un preux chevalier. Et je ne serai pas regardante sur l'armure, promis ! Mais personne n'apparaît, monté sur un destrier blanc, pour me proposer de crocheter la serrure, défoncer la porte ou toute autre solution à laquelle je n'aurais pas pensé.

La rue, et cela n'aurait pas dû me surprendre vu la façon dont ma journée avait commencé, est complètement déserte.

Et puis, à bien y réfléchir, ce n'est peut-être pas plus mal. Je ne suis pas sûre que quelqu'un capable de crocheter une porte soit réellement un preux chevalier.

De nouveau, je me baisse pour regarder à travers la boîte aux lettres, dans l'espoir que Gabriel se soit miraculeusement réveillé pendant que je paniquais sur son perron. Mais il ne semble pas avoir bougé. J'ignore même, à présent que j'y pense, s'il respire.

— Monsieur York ?

Ma voix n'est guère plus qu'un murmure étranglé, et je répète plus vivement :

— Monsieur York !

La seule réponse me vient des chiens, qui reprennent leur concert d'aboiements et de hurlements, probablement dans l'espoir d'alerter quelqu'un de plus utile que moi. Je ne peux pas leur en vouloir...

Il faudrait que je fasse quelque chose. Que j'agisse. Mais comment ? Je n'ai pas d'épingle à cheveux, et même si j'en avais, je n'ai aucune idée de la façon dont on s'en sert pour ouvrir une porte. J'en serais incapable même si ma vie en dépendait. En l'occurrence, c'est peut-être celle de Gabriel York qui est en jeu...

Un rapide coup d'œil aux fenêtres m'apprend que celles du rez-de-chaussée sont fermées par des volets. A l'étage, en revanche, une fenêtre semble entrouverte, pour autant que je puisse en juger avec la bruine qui me tombe dans les yeux. Elle est de plus toute proche d'une gouttière. Il suffit d'y grimper.

M'armant de courage, je range mon téléphone portable dans ma poche arrière et j'agrippe la gouttière à deux mains. Un pied sur la balustrade de fer du perron et hop, me voilà qui me hisse comme un singe le long du tuyau. Je progresse sans m'arrêter, de peur de ne plus pouvoir continuer si je m'avise de jeter ne serait-ce qu'un regard en contrebas.

Je pousse, je tire, je souffle... L'ascension est bien plus difficile que ce que j'avais supposé, d'autant que la gouttière est glaciale et glissante d'humidité.

Je n'ai pas beaucoup avancé lorsque les muscles de mes bras se rappellent douloureusement à mon attention. Cela fait longtemps que je ne suis pas allée au club de gymnastique, et j'en paie le prix. Je songe que je ferais bien de profiter du reste de mon abonnement avant sa résiliation.

Oups ! J'ai bien failli lâcher prise. Je me rattrape de justesse et m'en tire en me cognant le menton.

Concentre-toi, espèce d'idiote !

Voilà, j'y suis presque. Je me morigène en silence et me traite de tous les noms pour me motiver. Ho hisse ! Ça y est, je suis à la hauteur de la fenêtre !

Cela me permet de constater que la gouttière n'en est pas aussi proche que je l'ai d'abord cru. Du point de vue de la sécurité, cela se justifie parfaitement. Mais ça me complique diablement la tâche. Il va falloir que je me disloque le bras pour atteindre la fenêtre. Comment faire ?

A quelque chose malheur est bon. C'est le moment précis que choisit la plus grosse araignée que j'aie jamais vue pour sortir de dessous la gouttière, sans doute curieuse des raisons de toute cette agitation. J'ai dû la déranger en grimpant. Je hurle comme une possédée et m'élance vers la fenêtre aussi sûrement que si elle se trouvait à dix centimètres du sol, preuve que je préfère m'écraser dans une courette de pierre que d'affronter huit longues pattes velues... et sans doute inoffensives.

Mais comme je le disais, à quelque chose malheur est bon. Car je me retrouve, tremblante et trempée, sur le rebord de la fenêtre de Gabriel York.

Et là, les ongles plantés dans la pierre, j'ai comme une illumination.

C'est mon anniversaire. J'ai vingt-cinq ans, et on ne cesse de me répéter qu'il faut grandir et mûrir un peu. Comme si je n'avais pas assez mûri le jour où j'ai réalisé que l'amour n'était que peu de chose face à l'argent !

Bref, en cet instant, agrippée à la fenêtre, je promets silencieusement à la quelconque divinité chargée de veiller sur moi que si je me sors indemne de ce mauvais pas, je ferai de mon mieux pour grandir. Tenez, je suis même prête à prendre des cours d'informatique !

Allez, c'est reparti. Avant que mes muscles ne me lâchent complètement, je me hisse sur le rebord. J'essaie de ne pas penser à ma coûteuse manucure — sans doute la dernière que je pourrai jamais m'offrir —, je mets mon genou sur le rebord et me propulse à l'intérieur.

Avec sans doute un peu trop d'énergie, à en juger par la façon dont je m'écrase sur un parquet impeccablement ciré, fleurant bon l'encaustique. Une petite table me rejoint dans ma chute, et quelque chose se brise à grand fracas non loin de mon oreille.

J'ai un bleu au menton, une coupure sur la lèvre, les ongles usés par la pierre. Et maintenant, j'ai mal à l'épaule. Ah, et aussi aux genoux. Finalement, ce nouvel emploi s'avère bien plus riche en aventures que ce que j'avais supposé. Il va juste falloir que je prenne garde de ne pas y laisser ma peau.

En rouvrant les yeux, j'aperçois une petite statuette en porcelaine de Saxe, représentant une bergère et brisée en mille morceaux. Je suis sûre que ce n'est pas une imitation. Mais j'attribue sa destruction au fait qu'il n'y avait pas de tapis pour amortir le choc. Dans le cas contraire, la statuette aurait sans doute survécu à sa chute. Et je n'aurais pas si mal aux genoux ! Et entre les statues et mes genoux, ce sont ces derniers qui me préoccupent le plus. Une statue, ça se remplace. Mes genoux sont uniques.

Une sirène d'ambulance, au loin, me tire de mes réflexions et m'empêche de m'apitoyer plus longtemps sur mon sort. Il faut que je descende ouvrir la porte. Après tout, c'est pour ça que j'ai tant souffert !

Je me redresse tant bien que mal, laissant des traces de doigts noires sur le rebord de la fenêtre, et je me dirige vers la porte. C'est alors que je constate que je suis dans une chambre éminemment féminine, une chambre qui colle peu à ce que j'ai pu voir de Gabriel York. Il n'y a là aucun élément masculin, et j'en déduis qu'il s'agit du territoire de Mme York. Elle est sans doute également responsable des lauriers taillés que je déteste tant.

Où était-elle quand son mari avait besoin d'elle pour promener les chiens ? Puis pour appeler les secours ?

L'un des deux lévriers — encore tout jeune — me saute dessus sitôt que j'apparais dans l'escalier, manquant de me renverser.

— Pousse-toi, idiot, maugréé-je en enjambant mon employeur inanimé et en me dirigeant vers la porte.

Je tire fébrilement le verrou, ouvre et jette un œil à l'extérieur. Pas d'ambulance en vue. Fausse alerte. Mon ambulance, la bonne, doit être encore coincée dans les embouteillages des heures de pointe, comme la moitié de Londres.

Me voilà donc de retour au point de départ. Laissant la porte entrouverte, je m'en retourne auprès du corps allongé dans l'entrée, et qui occupe presque tout l'espace disponible. Une nouvelle fois, le plus jeune des lévriers, couleur crème celui-là, me lance un regard qui semble vouloir dire : « Fais quelque chose ! »

Allez, ma vieille Sophie, respire profondément. Tu peux le faire.

— Monsieur York ?

Je m'agenouille près du maître des lieux. Même si je parviens à le réveiller, il n'a pas l'air très en forme. Son teint est cendreux, ses traits tirés et hagards, son séduisant visage est anguleux, comme s'il sortait d'une longue maladie et qu'il avait perdu du poids. Il porte un peignoir noir par-dessus un pyjama. Un pyjama, presque en plein milieu de l'après-midi ? Cela confirme l'hypothèse de la maladie.

Il est également possible qu'il ait trébuché dans l'escalier, renversé par l'un de ses chiens en venant m'ouvrir la porte...

Angoissée, je place deux doigts sur sa gorge pour vérifier son pouls.

Pas de pouls.

Le jeune lévrier, qui s'est écarté pour me laisser approcher de son maître, me lèche la main comme pour m'encourager. Je lui tapote distraitement la tête, tout en déglutissant pour tenter de déloger la pierre qui semble s'être logée dans ma gorge.

Depuis combien de temps est-il allongé là, sans respirer ? Est-il trop tard pour lui faire du bouche-à-bouche ?

J'essaie de me rappeler combien de temps il m'a fallu pour grimper jusqu'à la fenêtre. Dix ou quinze minutes se sont écoulées depuis que j'ai sonné. Gabriel est encore chaud, mais ce n'est peut-être qu'un contraste perçu par mes doigts glacés.

Je n'ai jamais fait de bouche-à-bouche, mais je me rappelle avoir assisté à une démonstration, au cours d'une kermesse organisée par ma mère. Il fallait souffler dans la bouche de la victime. Non, non, ça ne suffisait pas. Il y avait davantage. Réfléchis, Sophie, réfléchis... Ah, oui, il fallait aussi renverser la tête de la victime en arrière pour dégager les voies respiratoires.

Comme je baisse les yeux sur Gabriel York, inspirant profondément pour me préparer — et pour calmer les battements de mon cœur —, je constate que même à l'article de la mort, mon employeur est d'une beauté troublante. En d'autres circonstances, j'aurais pris plaisir à l'embrasser plus normalement.

Mais je sais à quoi peut mener un simple baiser : à une peine de cœur inconsolable.

Je me force à me concentrer, puis me penche sur lui, prends son menton d'une main et pose mes lèvres sur les siennes. Sa barbe m'égratigne la paume, sa bouche est fraîche, mais pas froide.

Je souffle. Une fois, deux fois, trois fois... Après quelques instants, des étoiles se mettent à danser devant mes yeux. Je suis tellement à ma tâche que j'en oublie de respirer moi-même ! Mais j'ai compris maintenant. Je respire, bouche-à-bouche, je souffle. Et je recommence.

Combien de temps suis-je supposée continuer comme ça ? En guise de réponse, j'entends soudain la voix du secouriste chargé de la démonstration à laquelle j'ai assisté surgir du passé. « *Il faut continuer jusqu'à être remplacée...* »

Bon sang, mais que fait l'ambulance ?

Je marque une courte pause pour respirer, et je remarque que Gabriel York a repris des couleurs. Encouragée, je repars de plus belle.

Cette fois, il y a un léger changement en lui. C'est drôle, mais si je ne le savais pas inconscient, j'aurais presque l'impression qu'il est en train… de m'embrasser en retour !

Quelque chose me fait rouvrir les yeux, que j'ai fermés sous l'effet de la concentration. Et là, c'est le choc. Non, je ne me suis pas fait des idées. Les yeux de Gabriel York se sont ouverts, noirs, brûlants, encadrés de longs cils. J'en ai le souffle coupé. C'est moi qui vais avoir besoin de bouche-à-bouche !

Je recouvre rapidement mes esprits — j'ai appris à me méfier des longs cils noirs — et je décide de mettre un peu de distance entre nous. Mais Gabriel York ne l'entend pas de cette oreille, et son bras glisse autour de ma taille pour me retenir, avec une force étonnante pour quelqu'un qui vient de frôler la mort.

— Qui diable êtes-vous ? demande-t-il.

Pardon ? Et « Merci de m'avoir sauvé la vie », qu'en fait-il ?

Charitablement, j'attribue ses manières brusques au fait qu'il est désorienté. Je me rappelle également que ma facture d'électricité est entre ses mains, et réponds donc de mon ton le plus aimable :

— Je suis Sophie Harrington.

Là, j'aurais logiquement dû lui serrer la main, mais l'une de mes mains était toujours posée sur son menton, l'autre sur sa nuque. Je me recule brusquement, gênée, et parce que je suis à court d'idées pour lui faire conversation, déclare :

— J'ai appelé les secours. Ils devraient arriver sous peu.

— Pourquoi avez-vous fait une chose pareille ? lance-t-il avec un manque de gratitude qui, je l'avoue, me pique au vif.

— Parce que vous étiez inconscient…

— N'importe quoi !

— Vous aviez les yeux fermés, vous n'avez pas répondu à la porte, et vous n'aviez plus de pouls.

— Oh, vraiment ? Où avez-vous vérifié ?

— Ici.

Je place deux doigts sur sa pomme d'Adam. Avec un rictus narquois, il déplace légèrement ma main sur la droite et me l'appuie sur son cou.

— Essayez plutôt là.

— Oh.

Effectivement, il y a un pouls. Son cœur bat d'ailleurs presque aussi vite que le mien.

Il fait mine de se redresser mais, dans l'espoir de regagner un semblant de crédibilité en matière de secourisme, je l'en empêche.

— Ecoutez, vous étiez dans le coma. Je pense que vous devriez vous mettre en position de sécurité et attendre les secours.

M'ignorant superbement, il se redresse. Je n'ai pas la force de l'en empêcher. Il me jette un regard noir que je considère, une nouvelle fois, comme une bien piètre récompense de mes efforts. Mais peut-être est-il encore en état de choc. Quand il aura récupéré, et compris ce qui s'est passé, il se confondra sans nul doute en excuses et en remerciements. Il me suffit d'attendre.

Sourcils toujours froncés, il reprend :

— Pourquoi étiez-vous en train de m'embrasser ?

A en juger par le ton de sa voix, ce n'est pas une expérience qu'il semble pressé de renouveler. Tant mieux, moi non plus !

— Je ne vous embrassais pas, réponds-je, cessant tout à coup de sourire.

Mais pour qui me prend-il ? Une sorte de folle qui abuse d'hommes inconscients ? Je veux qu'il comprenne que je ne suis de toute façon pas du genre à embrasser le premier venu, conscient ou inconscient !

— Je vous faisais du bouche-à-bouche.

Il émet un rire qui tient presque de l'aboiement tant il est bref et violent, dénué du moindre humour.

— Ça ressemblait à peu près autant à du bouche-à-bouche que...

L'irruption de deux policiers en uniforme m'épargne la comparaison peu flatteuse qu'il s'apprêtait à faire. Ce n'est pas trop tôt.

Mais à ma grande surprise, l'un des agents me saisit par le bras et me remet sans douceur sur mes pieds.

— Par ici, mademoiselle. La fête est finie.

Une cacophonie d'aboiements éclate. Le lévrier caramel bondit et s'interpose entre le policier et moi, montrant les dents et tenant le représentant des forces de l'ordre à distance. Un grondement sourd et grave monte du fond de sa gorge. Quelque chose qu'il a sans doute appris de son maître...

L'autre animal, le plus jeune, qui était en train de bondir joyeusement autour des deux nouveaux arrivants, imite aussitôt son aîné. Mes héros !

— Percy ! Joe ! Couchés !

Le lévrier caramel cesse de grogner et fait mine de s'asseoir, sans cesser pour autant de montrer les dents. Il semble prêt à bondir à tout moment. Une nouvelle fois, l'autre suit son exemple. Le policier qui m'a agrippée fait un pas en arrière, prudent.

— Est-ce que quelqu'un peut m'expliquer ce qui se passe ?

Gabriel York a profité de la confusion pour s'asseoir puis, s'agrippant à la rambarde de l'escalier, se remettre sur ses pieds.

— Non, ne faites pas ça ! dis-je d'un ton sévère.

Puis, plus gentiment :

— Vous devriez rester assis, monsieur York.

Ce dernier me lance un regard meurtrier, avant d'ignorer mon conseil et de se tourner vers le policier le plus proche.

— Que faites-vous ici ?

— L'une de vos voisines nous a appelés. Elle a vu cette jeune femme…

Il fait un geste dans ma direction, et les chiens se mettent à aboyer comme des fous. Avec un tressaillement, le policier baisse doucement le bras et poursuit :

— … cette jeune femme escalader la gouttière pour s'introduire chez vous.

Gabriel York se tourne vers moi. Un filet de sueur a percé sur sa lèvre supérieure, et il semble sur le point de tourner de l'œil de nouveau. Mais pas avant d'avoir eu les réponses à ses questions.

— C'est vrai ? Vous avez escaladé la gouttière ?

— Il fallait bien que je fasse quelque chose !

Je suis blême de colère. J'ai bravé le danger au péril de ma vie et, pire encore, abîmé mes ongles, pour être dénoncée par une voisine qui devait passer sa vie à espionner les autres derrière ses rideaux ! Du seul fait de penser au risque que j'ai pris, mes jambes se mettent à trembler.

— Je ne pouvais pas vous laisser allongé comme ça dans l'entrée.

— Et comment saviez-vous que j'étais... allongé là ?

— Ecoutez, je m'appelle Sophie Harrington, dis-je à l'intention des policiers. J'ai été envoyée par l'agence d'intérim Garland. Vous pouvez vérifier. Comme personne n'a répondu quand j'ai sonné à la porte, j'ai regardé à travers la boîte aux lettres. J'ai vu M. York inconscient.

Il renifle avec mépris à l'emploi de ce mot et je martèle :

— Exactement, inconscient. J'ai donc escaladé la gouttière pour lui porter secours.

Les policiers se tournent vers Gabriel en quête d'une confirmation de ma version des faits. Le maître des lieux, après un instant de réflexion, acquiesce enfin.

— Mlle Harrington dit vrai. Je l'attendais pour promener mes chiens.

— Occasionnellement, je sauve aussi des vies, dis-je d'un ton insolent.

Nouveau regard assassin. Oups, je ferais mieux de me taire.

— Je suis désolé que vous vous soyez dérangés pour rien, messieurs, reprend Gabriel, attendant visiblement leur départ pour s'effondrer.

Il a tellement mauvaise mine que je dois me retenir pour ne pas me précipiter vers lui et l'aider à s'asseoir au bas des marches. Quelque chose me dit, de toute façon, que ce ne serait pas une très bonne idée.

— Oh, au fait, dis-je aux policiers, j'ai appelé les secours avant d'escalader la gouttière et de faire du bouche-à-bouche à M. York...

— Je n'étais pas mort !

Je l'ignore superbement et continue :

— Ils devraient arriver d'une minute à l'autre.

— Dans ce cas, appelez-les et annulez !

Le simple fait de parler lui coûte visiblement. Mais son regard brûle de colère, de colère autant dirigée vers moi que vers sa propre faiblesse. Il m'en veut de l'avoir vu dans cet état. Je suppose que je peux m'asseoir sur mon nouveau travail. Je hausse donc les épaules et réponds avec véhémence :

— Appelez-les vous-même.

Puis je souris aux policiers. Le plus jeune des deux, qui semble à peine en âge de se raser, me fait le plaisir de rougir.

— Messieurs, si vous voulez bien rester jusqu'à l'arrivée des secours… Pour ma part, il faut que je m'occupe de ces pauvres chiens, que nos affaires humaines ne doivent pas empêcher de faire ce qu'ils ont à faire.

Les laisses des chiens sont posées sur une chaise, ainsi que — oh, joie ! — une pelle et des sacs à déjections. Je prends l'ensemble, attache Percy et Joe et, laissant mon employeur entre les mains des policiers, déclare :

— Allez, les enfants, c'est heure de la promenade !

Mes nouveaux amis ne se font pas prier. Le plus jeune bondit sur ses pieds et se met à frétiller de la queue, l'autre jette un regard inquisiteur à son maître.

Gabriel, pendant ce temps-là, ne m'a pas quittée des yeux. L'intensité de son regard, curieusement, me rappelle l'instant où le bouche-à-bouche s'est transformé en baiser. Un étrange picotement parcourt mes lèvres.

Enfin, d'un léger mouvement de la main, il libère les chiens. Les deux bondissent en même temps et m'entraînent à l'extérieur, sans égard pour mon épaule endolorie. Je dévale les marches du perron et remonte la rue, mi-courant, mi-marchant.

Une ambulance apparaît au coin juste au moment où je bifurque vers le parc de Battersea. Je souris. Apparemment, Gabriel York n'a pas pu téléphoner à temps…

Ce n'est qu'après avoir atteint le parc que je me demande ce que je vais faire, si, en rentrant, je découvre que les secours ont emmené mon employeur à l'hôpital…

3.

La sonnerie du réveil me fait l'effet d'une tronçonneuse pénétrant mon cerveau. C'est le problème des fêtes surprise. Elles vous prennent justement par surprise et vous n'avez pas le temps de penser à la règle d'or : ne jamais boire sur un estomac vide. Et la règle de platine : ne jamais boire de margaritas sur un estomac vide.

Comme je ne m'attendais à rien de plus qu'à une soirée tranquille avec mon meilleur ami, je n'avais fait aucun effort sur mon apparence et préféré le confort au glamour. J'avais pris une longue douche pour chasser la boue de Battersea, sauvé ce qui restait de mes ongles à coups de lime et séché mes cheveux en hâte. Pour seul maquillage, j'avais appliqué un peu de fond de teint sur le bleu de mon menton. J'avais ensuite passé un pantalon de treillis, un vieux haut moulant un peu décoloré, et j'étais partie pour le bar.

J'y avais trouvé tous mes amis sur leur trente et un. Bravo, Sophie.

J'aurais dû soupçonner que Tony ignorerait mes avertissements, même si je lui avais répété trois fois que je ne voulais pas d'une soirée.

Evidemment, il avait voulu bien faire. Mais on dit bien que l'enfer est pavé de bonnes intentions, non ?

Et puis, je dois avouer que dès la deuxième margarita, j'avais commencé à me sentir mieux. A la troisième, je m'amusais franchement. C'était peut-être Tony qui avait raison, après tout...

Avec un grognement, j'agrippe le réveil, éteins l'alarme et me lève — il serait plus correct de dire que je tombe du lit — avant de me rendormir. Une promenade avec Percy et Joe me fera le plus grand bien. Si tant est que je me rappelle comment mettre un pied devant l'autre. Si tant est que j'aie encore un travail.

A mon retour chez Gabriel York, la veille, j'avais été accueillie par Mme York en personne, une belle femme aux manières glaciales. Elle m'avait tendu une serviette, sans un mot, et s'était tenue à distance pendant que j'essuyais la boue qui couvrait les chiens. Puis, avec une économie de mots admirable, elle m'avait fait comprendre qu'il fallait les descendre au garage et leur donner à boire. Apparemment, elle n'aimait pas les chiens.

Je la comprenais un peu. Elle portait un tailleur gris sombre qui avait dû lui coûter les yeux de la tête. A sa place, je n'aurais pas non plus recherché la compagnie de deux lévriers qui avaient eu la mauvaise idée d'aller chasser le canard dans un lac. Il m'avait fallu un temps fou pour les faire revenir.

Bref, je les avais essuyés sous le regard réfrigérant de leur maîtresse. Dans un effort pour briser la glace, et parce que j'avais également un intérêt professionnel dans l'affaire, je m'étais enquise de la santé de M. York. Il fallait dire que je m'étais inquiétée, à Battersea, de ce que je devrais faire des chiens si je rentrais et trouvais Gabriel parti.

Je m'étais inquiétée en vain. Mme York m'avait froidement informée qu'il allait « aussi bien que les circonstances le permettaient ». Ce qui ne me disait pas grand-chose, à franchement parler. Souffrait-il d'une grippe particulièrement virulente ? Etait-il contagieux ? Je lui avais fait du bouche-à-bouche et j'aurais aimé savoir si je devais prévoir mouchoirs et aspirine.

Un seul regard m'avait fait comprendre que toute question serait malvenue, sans parler d'une quelconque mention du bouche-à-bouche. Mme York n'avait pas l'air du genre à apprécier mon sacrifice.

J'avais de plus remarqué que quelques poils de Joe, portés par un courant d'air malin, s'étaient envolés et collés à sa jupe. Je préférais ne pas être là quand elle s'en rendrait compte.

Elle n'avait pas fait mention de la statuette que j'avais cassée, mais je soupçonnais que c'était la raison de son accueil glacial. Je dois bien avouer que je ne serais pas surprise d'apprendre que le dragon de l'agence d'intérim et elle sont de la même famille ! Pas étonnant non plus que Gabriel York soit aussi bougon, s'il fréquentait une telle femme à longueur de journée !

Je m'étais à demi attendue à trouver, en rentrant à la maison, un message de l'agence d'intérim où le dragon m'annoncerait avec satisfaction que j'avais lamentablement échoué dans ce premier travail, et que l'on n'avait plus besoin de mes services.

Mais de message, point. Peut-être les promeneurs de chiens étaient-ils difficiles à trouver ? Ou alors — c'était plus probable — le dragon savait qu'elle ne pourrait me remplacer avant le lendemain, et m'avait accordé une journée de répit.

Je me promets donc, quand je reviendrai de chez Gabriel York, de consulter mes e-mails pour voir si les quelques CV que j'ai envoyés la veille, entre les coups de fil de mes amis, ont donné quelque chose.

Mais d'abord, se réveiller ! Je me tartine de l'un de ces gels douche censés vous faire commencer la journée sous les meilleurs auspices. Puis, sans prendre la peine de déjeuner, je quitte la maison. Aujourd'hui, quoi qu'il m'en coûte, je tiens à être à l'heure.

J'ai trop besoin d'argent !

Ouf, j'arrive en bon état chez Gabriel York. Malgré ma migraine, le trajet ne m'a pas tuée. Même si le métro londonien, il faut bien l'avouer, ne m'a pas facilité la tâche. L'escalier automatique était en panne lorsque je suis arrivée à mon arrêt, me laissant face à deux possibilités : attendre qu'on le répare, ou monter à pied.

J'ai choisi la solution numéro 2. Il m'a semblé grimper un million de marches au moins. N'importe quel autre jour, j'aurais fait l'ascension sans sourciller. Mais après toutes les margaritas que j'ai bues hier soir, je suis arrivée hors d'haleine, la gorge sèche, prête à me damner pour un verre d'eau.

J'ai donc fait la queue à un kiosque pour m'acheter une bouteille et me réhydrater. Tout cela m'a valu — je vous le donne en mille — d'arriver de nouveau en retard devant ces fichus lauriers en pot que je déteste tant.

C'est à croire qu'une force supérieure œuvre en secret pour que je perde ce travail…

Voilà que j'hésite même à sonner. Après tout, la dernière fois que je l'ai fait, il n'en est rien ressorti de très agréable ! Cette fois, quoi qu'il arrive, je me promets de ne pas grimper à la gouttière !

Dring ! Voilà, c'est fait, j'ai appuyé. Un concert d'aboiements joyeux se fait entendre. La perspective de revoir Joe et Percy me rassérène quelque peu. Je crois que j'aime les chiens plus que les humains. Ou du moins, plus que certains humains.

Gabriel York vient m'ouvrir, sourcils froncés comme à son habitude. Si faire la tête était une discipline olympique, je lui décernerais sans hésiter la médaille d'or.

En le revoyant, je dois bien admettre que même au plus fort de la fête, hier, je n'ai pas cessé de penser à lui. Je ne saurais pas dire exactement pourquoi, mais c'est comme ça. Je revois le moment où j'ai ouvert les yeux et plongé mon regard dans le sien...

Dieu merci, je suis déjà rouge d'avoir couru. Je ne m'empourpre donc pas davantage.

Gabriel me paraît aller un peu mieux que la veille. Il s'est rasé et porte un vieux pull gris, le genre de vêtement que l'on ne met que lorsqu'on ne supporte pas le contact d'une autre matière. Ça jure un peu avec les lauriers impeccablement taillés. Et avec son impeccable femme !

Mieux vaut cependant que je garde ce genre de réflexion pour moi...

— Mademoiselle Harrington, dit-il d'un ton las. Vous avez toujours une demi-heure de retard ? Ou vous essayez simplement de me tuer ?

— J'essaie juste de vous tuer, réponds-je.

Après tout, puisqu'il n'a aucune reconnaissance pour ce que j'ai fait pour lui, je ne vais pas en plus subir ses sarcasmes sans répondre !

Je me radoucis en constatant qu'il s'appuie plus lourdement que nécessaire sur le chambranle. Presque malgré moi, je demande :

— Vous ne devriez pas être au lit ?

— C'est ce qu'on me répète à longueur de journée. Mais puisque j'avais renoncé à vous voir venir, il fallait bien que je m'occupe des chiens moi-même.

Il se recule pour me laisser entrer. Je prends bien soin de m'essuyer longuement les pieds, afin de ne pas risquer de salir le sacro-saint carrelage de sa femme.

— Vous voulez dire que vous vous êtes levé de votre lit de douleur pour promener les chiens ? lancé-je d'un ton suave.

Mais où est donc sa femme quand il a besoin d'elle ? Elle ne devrait pas le laisser seul ! Dans son état, Gabriel a besoin de repos. De quelqu'un pour le border et lui apporter des boissons chaudes et des soupes.

— Malheureusement, non. Si j'étais capable d'aller plus loin que la salle de bains, je n'aurais pas besoin de vos services.

Bon, voilà au moins qui a le mérite d'être franc.

— Je comptais simplement lâcher les chiens dans le jardin de ma belle-sœur, reprend-il. Cela m'aurait valu deux mauvais points, mais il faut reconnaître que ça ne m'aurait pas déplu. Elle le mérite.

Sa belle-sœur ? L'iceberg de la veille était sa belle-sœur et non sa femme ? Mon cœur bondit dans ma poitrine, encore que je ne saurais dire pourquoi. Ce type est le plus désagréable que j'aie jamais rencontré, bon sang ! Qu'est-ce que mon cœur vient faire là-dedans ?

— Deux mauvais points ?

— L'un pour m'être levé et avoir ralenti ainsi ma convalescence. L'autre pour avoir laissé les chiens faire...

— Oui, je crois que j'ai saisi.

— Je vous aurais fait porter la responsabilité de la chose, bien sûr, ajoute-t-il avec un imperceptible haussement d'épaules.

L'idée paraît le réjouir, car il esquisse l'ombre d'un sourire. Puis il me demande une nouvelle fois :

— Alors ? Vous êtes toujours systématiquement en retard ?

Outrée par cette idée, je réponds :

— Certainement pas. Je suis partie très en avance de chez moi. Mais les événements ont... conspiré pour me mettre en retard.

— Conspiré pour vous mettre en retard, répète-t-il, perplexe.

— Oui, il se trouve que le métro a...

Il lève la main pour m'interrompre. Une main forte et fine à la fois, aux longs doigts fuselés. Je l'observe sans doute avec trop d'insistance car il la soustrait un peu trop vivement à ma vue.

— Epargnez-moi les détails. Je voulais juste savoir si vous arriviez systématiquement avec une demi-heure de retard. Comme ça, quand j'aurai besoin de vous à 4 heures, je vous demanderai de venir à 3 h 30. Ça évitera que Joe et Percy ne défoncent la porte pour sortir.

Il me darde l'un de ces regards noirs dont il a le secret mais, croyez-le ou non, je me fends d'un sourire ravi. Ça veut dire qu'il ne va pas téléphoner au dragon pour lui demander une remplaçante ! J'ai soudain envie de l'embrasser.

Bon, d'accord, peut-être pas « soudain », j'avoue y avoir pensé avant. Juste pour vérifier comment, cette fois, il réagirait.

Je me remémore aussitôt Perry, et cela m'aide à me ressaisir. Je n'ai aucune envie de me laisser entraîner à répéter mon erreur. Je dois dorénavant bannir ce genre d'idée de mon esprit. Evidemment, cela m'aiderait si mon employeur pouvait être moins séduisant.

— Ce ne sera pas nécessaire, réponds-je avec assurance.

Je n'arrive pas à m'empêcher de sourire. Pourtant, il ne s'agit que de promener des chiens deux heures par jour, mais c'est la meilleure nouvelle que j'aie eue depuis longtemps. Je n'aurais pas été plus enchantée si une star du cinéma m'avait proposé de devenir son assistante personnelle.

— J'ai beau en être réduite à faire ce travail pour vivre, je sais lire l'heure, reprends-je avec un soupçon d'irritation.

D'accord, cela fait déjà deux fois que je suis en retard en… deux jours. Mieux vaut changer de sujet.

— Bon, j'y vais. Percy et Joe m'ont l'air sur le point d'exploser.

— Ils ont été confinés au garage depuis hier. C'est en bas de ces marches. Sortez par la porte de service, vous vous retrouverez directement dans l'impasse. Voilà la clé.

Il sort une clé de sa poche, me la met dans la main et referme mes doigts dessus. Il ne me lâche pas aussitôt, et je crois voir une lueur plus chaleureuse trembloter dans son regard.

— La porte est fermée. Une mesure contre les intrus. Ou les intruses.

Une heure passée avec Percy et Joe a suffi à me remettre les yeux en face des trous. Ils sont si heureux de sortir qu'il est difficile de ne pas partager leur excitation à courir dans le parc puis, de nouveau, à chasser les canards dans le lac.

Malgré leur stature, les deux chiens filent à la vitesse de l'éclair. Percy, à un moment, est même revenu avec les plumes de queue d'un colvert que sa vie oisive dans un parc de Londres a rendu trop gras et trop lent.

Si je pouvais, j'amènerais volontiers Percy et Joe chez moi. Là-bas, à la campagne, ils s'amuseraient comme des petits fous. De tels chiens ne sont pas faits pour vivre dans un quartier chic comme celui-ci.

Je m'amuse comme une petite folle, avec eux, au point d'en perdre toute notion du temps. Mais nous prenons enfin le chemin du retour et arrivons, trempés, boueux et heureux, chez Gabriel York.

Mon bonheur est de courte durée. Car le maître des lieux m'accueille, sur le seuil, avec une mine à faire cailler du lait.

— Bon sang, où est-ce que vous étiez passée ? J'ai cru que…

— Que quoi ? Que j'avais perdu les chiens ?

Il roule des yeux irrités, mais j'ignore si c'est contre moi ou contre lui-même. Puis il reprend plus calmement :

— Bon, vous êtes de retour et en un seul morceau. C'est tout ce qui compte. Mais si vous n'arrivez pas à vous débrouiller avec deux chiens…

— Tout va bien. C'est juste que nous nous amusions tellement que je n'ai pas voulu les ramener tout de suite. Mais je doute que la chasse aux canards soit légale.

Je sors les plumes du canard de ma poche et les tends à Gabriel, qui les prend machinalement.

— Celui-là s'est échappé de justesse. Il faudra venir me sortir de prison s'ils finissent par en attraper un. Ils sont de quelle race au juste ?

50

— Ce sont des salukis. Ils chassent à vue. Désolé, j'aurais dû vous prévenir qu'ils verraient des choses excitantes bien avant vous.

— Aucune importance. Vous n'étiez pas en état de m'être très utile. Vous avez toujours une mine de papier mâché, si je puis me permettre.

Je vois sa mâchoire se crisper comme il se retient, j'en suis sûre, de me répondre que non, je ne peux pas me le permettre.

— Je vais vous préparer une tasse de thé une fois que j'aurai nettoyé ces deux lascars.

— Oh, vraiment ? Et que suis-je censé faire pendant ce temps ?

— Vous reposer.

Il a toujours l'air de tenir à peine debout. Ses traits sont tirés, ses lèvres pincées, et si je ne vois aucune objection à lui faire encore un peu de bouche-à-bouche, je doute que lui-même apprécierait.

— Vous allez vous recoucher avant de vous évanouir de nouveau, reprends-je de mon ton le plus autoritaire. Je vous préviens, monsieur York, si je dois une nouvelle fois vous ramasser dans le couloir et appeler une ambulance, je veillerai personnellement à ce qu'ils vous emmènent, cette fois.

— Dans ce cas, vous condamnerez les chiens au chenil.

— Non !

— Cristabel ne les supporte que parce qu'elle pense que ça me fait du bien qu'ils soient là. Quant à moi, elle ne me supporte que parce que l'hôpital a clairement indiqué que je ne pourrais sortir que si quelqu'un s'occupait de moi.

Puis il a haussement d'épaules pour ajouter :

— Comme vous l'avez constaté, j'ai parfois de petits vertiges.

— De petits vertiges ? Vous étiez complètement dans les pommes !

Il ignore cette interruption — bon sang, Sophie, tourne ta langue dans ta bouche avant de parler — et poursuit :

— Elle est très généreuse. Mais je suppose que cette statuette brisée dans sa chambre a usé sa patience.

— Ce n'étaient pas les chiens. Mais vous le savez déjà.

Un sourire inattendu, un vrai, vient éclairer son visage.

— Je le sais. Les chiens le savent. Mais je lui ai déjà causé assez de souci pour ne pas en plus la forcer à expliquer à sa compagnie d'assurances pourquoi il est si facile de s'introduire chez elle.

— Facile ? Vous plaisantez ? J'y ai laissé mes ongles !

Je lui montre ma main. Contre toute attente, il la prend et inspecte mes ongles, version raccourcie de ce qui avait été, la veille encore, un magnifique travail de manucure. Puis, après ce qui me paraît des heures, il frissonne légèrement et me lâche.

— Malgré cela, un cambrioleur qui ne s'inquiéterait pas de ses ongles pourrait entrer très facilement. La société d'assurances prendrait ce prétexte pour augmenter sa police.

— C'est une chance que la fenêtre ait été ouverte. Et puis, une statuette, ça peut se remplacer. Alors que…

— Possible, coupe-t-il un peu sèchement avant que je puisse faire valoir que lui n'était pas remplaçable. Mais elle blâmera quand même les chiens.

52

— Sans eux pour m'alerter, je ne vous aurais peut-être pas trouvé. C'est incroyable que vous soyez resté seul.

— Si vous étiez arrivée à l'heure, mon frère vous aurait fait entrer. Il était d'ailleurs censé promener les chiens lui-même, mais il a eu une sorte d'urgence... Bref, il a attendu aussi longtemps que possible. Ne vous voyant pas venir, j'ai voulu sortir les chiens moi-même...

Zut. Voilà donc ce qu'il avait voulu dire par « Vous essayez de me tuer ». Par deux fois, je l'avais forcé à se lever.

Je m'en veux un peu, je l'avoue. Cependant une chose me rassérène : le fait que Gabriel ne soit pas ici chez lui. Je ne sais pas pourquoi, mais ça me soulage de l'apprendre.

— Dans ce cas, monsieur York, vous devriez retourner vous coucher avant d'avoir de nouveau un malaise, dis-je avec mon plus beau sourire.

— Appelez-moi Gabriel. Ou Gabe, si c'est trop long pour vous.

— Gabriel... d'accord. Moi, c'est Sophie. Appelez-moi Soph une seule fois et vous irez promener vos chiens tout seul.

— Sophie.

Il me regarde ensuite un long moment avant d'ajouter :

— Je n'oublierai pas.

— Parfait. Et je ferai un effort pour être à l'heure, à partir de maintenant.

J'ignore encore comment je vais faire mais je me promets d'essayer.

— Retournez vous coucher, maintenant.

Je suis un peu troublée, je l'avoue, par l'apparente intimité qui s'est créée entre nous du fait d'échanger nos prénoms, et parce que je lui ordonne de se mettre au lit. Me sentant rougir, je me détourne pour ôter mon manteau et le bonnet qui me tient les oreilles au chaud.

— Vous êtes blonde, observe-t-il.

Je me retiens de lever les yeux au ciel.

— Comme hier, oui.

J'espère qu'il ne va pas me sortir l'une de ces stupides plaisanteries sur les blondes !

— Ça vous pose un problème ?

Il ne répond pas et se contente de m'observer, le regard un peu trouble. Puis il tressaille légèrement et annonce :

— Deuxième étage, première porte à droite.

— Est-ce que vous voulez que je vous prépare quelques toasts ?

— Si je dis non, vous m'écouterez ?

— Probablement pas.

— Dans ce cas, si ça ne vous dérange pas de perdre votre temps, autant que j'économise mon souffle.

Il disparaît dans l'escalier. Bon, adieu l'intimité. Il n'a même pas souri.

— Et voilà, dis-je en soupirant à Percy, tout en lui essuyant les pattes. Nous les femmes avons beau tout faire pour faire plaisir aux hommes, ça finit toujours par nous retomber sur le coin de la figure...

A moins que la réplique de Gabriel n'ait été sa façon de dire oui. Il était sans doute trop macho pour le faire simplement.

Percy me lèche le cou, ce qui veut dire, je l'espère, qu'il est d'accord avec moi. Je les caresse, Joe et lui, et leur promets de revenir. Je passe ensuite dans une cuisine tout droit sortie d'un magazine de décoration. C'est à se demander si une poêle à frire a jamais compromis la froide perfection d'un tel endroit.

Le réfrigérateur est cependant bien fourni, rempli de produits bio témoignant des préoccupations de la maîtresse des lieux. Peut-être suis-je injuste avec elle, après tout. La dénommée Cristabel est sans doute une hôtesse très aimable lorsqu'elle n'a pas à supporter trois invités encombrants, dont deux sont des chiens turbulents et le troisième un champion de la mauvaise humeur.

Je remplis la bouilloire d'eau — purifiée, évidemment — puis je coupe des tranches de pain — complet — que je mets à griller. Un peu de marmelade et de jus d'orange — fraîchement pressé, dit la bouteille — complètent le plateau que je destine à Gabriel. J'hésite un instant à faire des œufs — posés dans le réfrigérateur sur de la vraie paille ! — avant de décider que tout cela suffira pour aujourd'hui. Les œufs, ce sera pour demain.

Puis je monte le plateau au deuxième étage, me réjouissant secrètement de l'économie que ce genre d'exercice me fait réaliser. Si je continue à ce rythme — courir après les chiens et monter les escaliers — je n'aurai en effet plus besoin de cours de gym !

Gabriel a eu la bonne idée de laisser la porte entrouverte. Je ne veux cependant pas entrer sans m'annoncer.

— Gabriel ?

Pas de réponse. J'en comprends la raison lorsque je glisse la tête par l'entrebâillement. Gabriel est affalé sur le lit, endormi. En silence, je dépose mon plateau sur une table près de la fenêtre, puis entreprends de dégager la table de chevet pour qu'il trouve le tout à portée de sa main lorsqu'il se réveillera. Le thé sera froid mais...

— Qu'est-ce que vous faites ?

Je sursaute et lâche le livre que je venais de prendre.

— J'essayais de ne pas vous réveiller, réponds-je en ramassant l'ouvrage.

Il s'agit d'un livre sur les maladies exotiques. Drôle de lecture pour un convalescent.

— Dans ce cas, c'est raté.

— Vous savez quoi ? Vous avez de la chance d'être malade, parce que sinon, je vous dirais que vous êtes socialement inadapté.

— Et vous croyez que c'est seulement quand je suis malade ? demande-t-il sans paraître, pour une fois, s'offusquer de la pique.

— Je l'espère sincèrement pour vous.

— Ça doit être un effet secondaire du paludisme, alors. Parce que personne ne me l'a jamais dit.

— Le paludisme ? C'est ça que vous avez ? Je croyais qu'il y avait des médicaments préventifs pour éviter de l'attraper.

— Ils ne sont pas infaillibles. Surtout quand vous ne les prenez pas, ajoute-t-il en me gratifiant de son second sourire de la journée. Ce sont les cordonniers les plus mal chaussés, vous savez.

— J'en déduis que vous êtes médecin ?

— Excellente déduction. Chirurgien plus exactement.

— Ils ne m'ont rien dit à l'agence d'intérim. Juste « M. York ». Pas « Dr York ».

— Je n'ai pas besoin qu'on m'appelle « docteur ». Allez-vous me donner cette tasse de thé, à présent ? Ou est-ce seulement pour décorer ?

— Oh, désolée.

56

Je lui sers une tasse de thé et y rajoute du sucre jusqu'à ce qu'il me fasse signe d'arrêter. J'ai presque envie de lui dire qu'il en met trop mais puisqu'il est médecin, il doit déjà le savoir. Je préfère donc me taire.

— Un toast ?

Sans attendre sa réponse, j'en beurre un, j'y ajoute de la marmelade et coupe le tout en deux. Je lui en tends un morceau et mords dans l'autre.

— Le petit déjeuner, c'était il y a longtemps, fais-je valoir un peu piteusement, surprenant son regard ironique.

Il devrait me remercier, après tout. Je suis bien gentille de ne pas le laisser manger tout seul. Il n'y a rien de plus triste que ça.

— Servez-vous. Mais ne restez pas debout comme ça pour manger, c'est mauvais pour la digestion.

Il me fait signe de venir m'asseoir près de lui. J'hésite, un peu intimidée à l'idée de m'asseoir sur un lit avec un homme que je ne connais pas.

— Le conseil est purement professionnel. Vous n'avez rien à craindre.

De lui, peut-être... Mais si je me retrouve prise d'une folle envie de lui faire du bouche-à-bouche ?

4.

— Où avez-vous attrapé le paludisme ? demandé-je, une fois assise près de lui.

Je me sens toujours aussi gênée. C'est ridicule, j'en ai bien conscience. Ce n'est tout de même pas comme s'il était nu ! A part ses pieds. Des pieds superbes, au demeurant. Grands mais pas trop. Avec de longs orteils sexy, à l'image de ses longs doigts sexy.

Quoi qu'il en soit, Gabriel n'est guère en état de me sauter dessus. Il a de plus été assez clair quant au fait que cela ne l'intéressait pas. Et cela me convient. Je ne veux pas que l'on m'accuse de retarder sa guérison.

— Je veux dire, ce n'est pas comme un rhume, n'est-ce pas ? reprends-je d'un ton crispé. Vous n'avez certainement pas attrapé ça à Londres ?

— Non, je n'ai pas attrapé ça à Londres. J'étais en Afrique, où je passe deux semaines chaque année à faire des opérations de la cataracte pour une organisation caritative. Ou plutôt, j'y *passais* deux semaines par an.

Ainsi donc, il était ophtalmologiste…

— Vous croyez qu'ils ne vous laisseront plus travailler pour eux ? Même si vous êtes sage et que vous promettez de bien prendre vos médicaments ?

58

Il termine son toast. J'ai la drôle d'impression qu'il préfère manger plutôt que de devoir répondre. J'entreprends donc de beurrer une seconde tartine et j'enchaîne :

— Pourquoi n'avez vous pas pris votre médicament ?

— Parce que les effets secondaires peuvent me gêner dans mon travail. Et puis, vous pensez toujours que ça n'arrive qu'aux autres.

J'ouvre la bouche pour répondre que lui, plus que tout autre, n'aurait pas dû tomber dans ce piège. Mais je suppose qu'il le sait déjà.

— Les hommes sont vraiment bons à rien, dis-je dans un soupir. Vous avez besoin qu'une femme s'occupe de vous.

Je me rends soudain compte que j'outrepasse mon rôle de promeneuse de chiens ! Je rougis sous son regard narquois et je mords dans mon toast.

— Et vous vous portez volontaire ?

— Ça résoudrait beaucoup de mes soucis. Je pourrais toucher l'héritage de ma grand-mère et abandonner ce travail. D'un autre côté, ça créerait de nouveaux problèmes.

— Vous parlez du fait de vivre avec un homme ?

— Oui. C'est un exemple flagrant de l'inégalité entre les sexes. Les femmes n'ont pas vraiment besoin d'un homme, voyez-vous. Nous sommes parfaitement capables de prendre soin de nous-mêmes. Le contraire n'est pas vrai, et vous en êtes l'exemple parfait.

— Je vous assure que je me débrouille très bien tout seul.

— Oh, je ne parlais pas du sexe, rétorqué-je, irritée de voir mes belles théories réduites à ce qu'elles avaient de plus basique.

59

— Assez étrangement, moi non plus.

Il paraît à présent amusé. Pas assez pour sourire, cependant.

— Je veux dire que si vous aviez une femme, elle veillerait à ce que vous preniez vos médicaments. Et si les effets secondaires vous dérangent, elle aurait trouvé autre chose. Et si elle n'avait rien trouvé, alors elle se serait arrangée pour perdre votre passeport.

— Hmm, votre argumentation souffre d'un léger défaut. Ce genre de femme a disparu depuis longtemps.

— Qu'est-ce que vous en savez ? Vous avez cherché ?

— Non. La dernière chose que je veux, c'est me marier. Ça suppose un investissement émotionnel important.

— Et alors ? Ce n'est pas particulièrement difficile.

— Ça doit l'être puisqu'un mariage sur trois se termine par un divorce. Ironiquement, dans la famille, nous faisons de notre mieux pour accroître ces statistiques.

Il est divorcé ? Bon sang, moi et ma grande bouche ! Il est malade, et au lieu de le réconforter, je l'enfonce.

— Je... je suis désolée. Je ne voulais pas dire... Je ferais bien d'y aller, maintenant.

Je fais un geste pour me lever mais il me retient par le bras.

— Ne vous excusez pas, Sophie. Ce n'est pas votre faute.

Sa main s'attarde un peu plus longtemps que nécessaire sur mon coude, puis il prend brusquement une autre moitié de toast sur le plateau.

— Restez et finissez de manger.

Bon, s'il me demande de rester, c'est que cette conversation ne le dérange pas. Je poursuis donc :

— Et votre frère ? Il est marié, lui ?

Gabriel me jette un regard où je lis un sentiment proche de l'exaspération.

— Pouvez-vous me dire pourquoi nous parlons de ça ?

— Parce que contrairement à vous, je suis assez portée sur l'interaction avec autrui. Qualité que vous pourrez mentionner à la femme de l'agence d'intérim, si vous le voulez. Vous me parliez donc de votre frère ?

Il capitule sans protester. Sans doute parce qu'il est malade.

— Michael et Crissie vivent chacun de leur côté. Ils partagent la même maison et le même lit, mais quasiment rien d'autre. Dans la famille, nous avons tendance à être extrêmement indépendants, voire égoïstes. Et pas seulement les hommes. Ceux qui commettent l'erreur de nous aimer se retrouvent rapidement abandonnés sur le bas-côté. Crissie ne survit que parce qu'elle est exactement comme nous.

— Je vois. Vous avez des sœurs ?

— Une. Elle est dans la politique.

— Vraiment ? Je la connais ?

Son expression me suggère de réfléchir avant de poser des questions idiotes, et il ne me faut pas longtemps pour comprendre. Jessica York, bien sûr. L'étoile montante de la politique. Il n'y en a que pour elle.

— Jessica York est votre sœur ?

— Oui. Et elle est divorcée, accessoirement.

— Je ne savais même pas qu'elle avait été mariée.

— Ça n'a pas duré longtemps. Elle s'est mariée très jeune et a rapidement divorcé.

— Oh.

— Ma mère est avocate, ajoute-t-il sans que j'aie besoin de poser la question. Elle a milité pour les droits des femmes en entreprise. Elle est à présent membre d'un comité inter-ministériel sur le même sujet. Oh, et elle est également divorcée.

— J'ai presque peur de vous demander ce que fait votre père...

— Il repasse ses chemises. Non, je plaisante. Il a une gouvernante pour s'occuper de ce genre de détails, et toute une ribambelle d'amies pour... le reste. Il est chirurgien.

— Vous avez choisi de suivre sa voie ?

— A l'exception du divorce, oui.

Ah, il n'était donc pas divorcé !

— Et comment faites-vous quand vous tombez amoureux ? Ça doit bien vous arriver, non ?

— Non. Ce n'est pas une fatalité.

— Ah. Nous sommes différents, alors.

Puis, pour éviter que la conversation ne dérive sur ma propre expérience, je reprends aussitôt :

— Vous faites une grosse erreur, vous savez. Les hommes mariés vivent plus vieux que les célibataires, simplement parce qu'ils ont une femme qui s'occupe d'eux.

— Vraiment ?

— Ce sont des statistiques officielles.

En droite provenance de mes magazines féminins, dont je ne saurais mettre la crédibilité en doute !

Je me demande d'ailleurs comment mon père va se débrouiller maintenant que ma mère est partie. Mais, refusant de céder à la culpabilité, je repousse ces préoccupations et m'emploie à beurrer un toast que je tends à Gabriel.

Malheureusement, il fait un faux mouvement en le prenant et renverse sa tasse de thé sur les couvertures. Avec un juron fort explicite, il bondit et défait en hâte le couvre-lit maculé. Il ne porte qu'un caleçon, et je me force à détourner le regard. J'ai eu le temps de noter qu'il a des jambes magnifiques, bien galbées et très musclées.

Je le rejoins quelques instants plus tard au rez-de-chaussée, après avoir épongé le thé qui a coulé par terre. Il vient de fourrer le dessus-de-lit dans la machine à laver, ainsi que les serviettes que nous avons utilisées pour essuyer les dégâts.

— Euh, je ne crois pas que vous devriez mettre des serviettes rouges avec du blanc, fais-je valoir.

Ça, au moins, je m'en souviens. J'ai beau ne pas être la reine des tâches ménagères, j'ai retenu l'essentiel des enseignements de ma mère.

En guise de réponse, il ferme le hublot et appuie sur « Marche ». Je soupire.

— Bon, je vais aller chercher le plateau.

— Non, laissez-le, je m'en occuperai.

— D'accord. Bien. Alors... je vais y aller.

Je répugne pourtant à le laisser seul dans son état. Il me faciliterait le travail en me demandant de rester.

Evidemment, il n'en fait rien.

— Je... Vous êtes sûr que tout ira bien ?

— Oh, ça ne pourra aller que mieux. J'ai comme l'impression que vous n'êtes pas très favorable à mon rétablissement.

Là, il est vraiment injuste. Mais bien que blessée, je reste silencieuse.

— Vous êtes là pour vous occuper des chiens, pas de moi, reprend-il plus doucement.

Il faut bien que quelqu'un s'occupe de lui, pourtant !

— Je croyais que si vous séjourniez ici, c'était justement pour ne pas être seul.

— Ça, c'était juste le prétexte pour me sortir de l'hôpital. Allez, rentrez chez vous, maintenant. Vous avez mieux à faire de votre journée que de rester là. De toute façon, la femme de ménage de Crissie va bientôt arriver. Et mon frère passera vers midi s'assurer que les chiens n'ont pas ravagé le jardin. Le paysagiste leur a coûté assez cher.

— Bon, comme vous voudrez.

Je repère un bloc-notes près du téléphone et le prends pour y inscrire mon numéro. En le tendant à Gabriel, je remarque que ce dernier tremble.

— Vous ne devriez pas marcher pieds nus, dis-je d'un ton réprobateur. Bon, si vous avez besoin de quoi que ce soit, appelez-moi, d'accord ? N'allez pas tomber dans l'escalier ou vous évanouir n'importe où. Je reviendrai ce soir.

Je me dirige vers la sortie mais me retourne une dernière fois sur le seuil, répugnant à partir.

— Vous avez besoin de quelque chose que je pourrais vous apporter ?

— Comme quoi ? demande-t-il en levant un sourcil surpris.

— Je ne sais pas, moi, un peu de lecture légère ? Un Clancy ou un Grisham, par exemple ? Ce sera mieux que votre livre sur les maladies exotiques.

Il me regarde d'un air perplexe. Ah, mais c'est qu'il commence à m'énerver ! Je ne peux m'empêcher de lui rentrer dans le lard.

— A moins que vous ne préfériez un... magazine pour hommes, pour vous détendre ? Je ne dirai rien à votre belle-sœur.

Il ouvre la bouche comme pour répondre, se ravise, rougit, puis soupire.

— Non, merci. Ça ira comme ça.

Et voilà. Même un rustre s'apprivoise lorsque l'on sait s'y prendre !

— Un film, peut-être ?

— Crissie n'a pas de télévision.

— Oh.

Son frère et sa belle-sœur étaient peut-être des gens bien — je réservais mon jugement sur ce point — mais ce n'était définitivement pas chez eux que je choisirais de passer une convalescence !

— J'ai une petite télévision portable que je pourrais vous prêter si vous voulez.

— Non, merci. Je survivrai.

— Une radio ? Un lecteur de CD ?

J'étais lancée, je ne pouvais plus m'arrêter !

— Arrangez-vous pour être à l'heure, ce sera déjà pas mal, grommelle-t-il.

— Vous pouvez compter sur moi.

— C'est ce qu'on verra.

Le site de petites annonces sur Internet est aussi prolifique que dans la publicité où je l'ai découvert. Une dizaine d'offres se bousculent en effet dans ma boîte aux lettres électronique quand je rentre chez moi. Toutes plus déprimantes les unes que les autres. Conséquence, sans nul doute, de mon absence de diplôme. Certaines me font même apprécier, par contraste, mon travail de promeneuse de chiens.

L'après-midi venu, j'appelle à un numéro qui me promet de devenir millionnaire en peu de temps et en travaillant depuis mon domicile. Millionnaire, sans bouger de chez soi ?

C'est exactement ce qu'il me faut. Malheureusement, je comprends bien vite qu'il s'agit de l'une de ces arnaques pyramidales où le seul moyen de ne pas perdre d'argent est de convaincre d'autres idiots de vous emboîter le pas. Merci, très peu pour moi. Je raccroche très poliment, puis j'alerte le Bureau des fraudes commerciales. Il doit bien y avoir une loi contre ce genre de manipulation, non ?

Je suis en train d'hésiter entre une carrière dans le télémarketing — la seule activité qui semble avoir le vent en poupe — et la vente de téléphones portables lorsque mon propre combiné se met à sonner.

— Sophie Harrington ?

Je reconnais aussitôt la voix du dragon de l'agence d'intérim.

— Lucy Cartwright à l'appareil.

— Bonjour, madame Cartwright, réponds-je d'un ton crispé, me demandant ce qu'elle peut bien me vouloir.

— J'ai un autre petit travail pour vous. Bloomers a besoin de quelqu'un immédiatement, et je pensais que votre passion pour les fleurs vous désignait d'office.

Bloomers ! Le fleuriste le plus exclusif de Londres ! C'était de là que mes tournesols et mes roses d'anniversaire provenaient. Bon sang, je n'en crois pas mes oreilles. Il semble que j'aie méjugé cette femme !

— Vraiment ? C'est formidable !

— Il faudra travailler après la fermeture du magasin. Ça vous pose un problème ?

— Euh, non…

— C'est seulement temporaire, pendant que l'une de leurs femmes de ménage est en arrêt maladie. Vous commencez à 6 heures ce soir. Quelqu'un vous montrera votre travail.

Femme de ménage… Voilà qui est beaucoup moins glamour que fleuriste. Mais ça pourrait être bien pire. Encore quelques petits boulots comme celui-là et je pourrai presque me constituer un salaire normal !

Je note donc les coordonnées de la boutique et promets au dragon d'y être à 6 heures pile. J'ai à peine raccroché qu'on sonne à la porte. Sans doute mes « invités », Nigel et Amber, revenus de leur petite semaine à la campagne.

J'ouvre et me trouve, à ma grande surprise, nez à nez avec tante Cora, la sœur cadette et volage de ma mère.

— Cora ! dis-je en l'étreignant. Quelle surprise !

Mon plaisir n'est pas feint. J'adore Cora, c'est la tante idéale. Je vous la recommande vivement.

— Mais pourquoi n'as-tu pas appelé ? Combien de temps vas-tu rester ?

— Je suis juste de passage, ma chérie. Je nous ai réservé une table chez Giovanni.

Puis tante Cora s'interrompt et regarde ma tenue maculée de boue avec un froncement de sourcils. Je crois qu'elle n'est jamais sortie de chez elle autrement que parfaitement maquillée, parfumée, pomponnée. Même pour aller relever son courrier.

— Tu as une tache sur le menton, fait-elle valoir.

Je la frotte machinalement et le regrette aussitôt. *Aïe !*

— Non, c'est un bleu, dis-je avec une grimace. C'est une longue histoire…

67

— Dans ce cas, garde-la pour le déjeuner. Le taxi nous attend.

Comme je n'ai pas vraiment le temps de me préparer, j'attache mes cheveux à l'aide d'une barrette d'ébène. Puis je remets une touche de fond de teint sur mon hématome, un peu de rouge à lèvres et de mascara, et j'enfile un pantalon de flanelle gris.

Dix minutes plus tard, nous sommes en route.

— Alors ? Tu es seulement de passage ?

— Bon anniversaire en retard ! me dit ma tante en me mettant un petit coffret plat dans les mains.

Vous ai-je déjà dit que Cora était généreuse ? Le coffret contient un pendentif Victoria composé de perles et d'améthystes !

— C'est merveilleux, tante Cora !

— Il appartenait à ton arrière-grand-mère. Elle me l'a donné quand je me suis mariée. La première fois, ajoute-t-elle avec un haussement d'épaules.

Je pense soudain à Gabriel, qui refuse de se marier pour ne pas risquer de souffrir. Je le lui ai reproché, mais au fond, je ne vaux pas mieux.

— Je pensais te le donner le jour de ton mariage, reprend Cora. Mais de nos jours, les jeunes ne semblent plus s'ennuyer avec les formalités. Dommage. Les mariages sont une bonne excuse pour porter des chapeaux ridicules.

— Désolée de te décevoir. Mais merci pour le cadeau !

— Oh, mais je ne désespère pas. Un jour, tu trouveras quelqu'un d'autre.

— Quelqu'un d'autre ?

— Que cet idiot de Fotheringay.

J'ouvre de grands yeux. Comment est-elle au courant ?

— Je ne suis pas...

Elle m'interrompt d'une tape affectueuse sur la main.

— Ne t'en fais pas. Je suis la seule qui ait fait le lien entre ton départ de la maison et l'annonce des fiançailles de ce garçon. Ou qui remarque que tu as beaucoup d'amis masculins avec lesquels rien ne se passe.

Puis, comme si elle ne venait pas de lâcher une petite bombe, elle poursuit :

— Bref, j'ai préféré te donner le collier plutôt que de le laisser dans sa boîte pendant des années.

— Merci. J'en prendrai grand soin.

— Il est fait pour être porté. Pas pour être entreposé et réservé aux grandes occasions. Profites-en pendant que tu as un joli cou !

Notre arrivée chez Giovanni interrompt notre conversation. Nous la reprenons après nous être installées et avoir passé commande. Après quelques instants, trouvant Cora étonnamment réservée, je demande :

— Qu'est-ce qui t'amène vraiment ? Je suppose que tu n'es pas venue du sud de la France juste pour me donner mon cadeau ?

— Non, soupire-t-elle. Non, bien sûr. Ecoute, il n'y a pas de façon douce de le dire, Sophie. Mes investissements, ces derniers temps, n'ont pas été très avisés. J'ai besoin de l'appartement pour me renflouer.

Ma bouche s'assèche. Et moi qui croyais que ma situation ne pouvait pas être pire !

— Tu veux dire que tu veux le louer ? Au cours du marché ?

Jamais je ne pourrai me l'offrir ! J'ai beau réfléchir, je ne vois pas comment financer une telle dépense.

Elle ne répond pas tout de suite. Tout autour de nous, un brouhaha de voix emplit le restaurant, mais j'ai l'impression qu'une bulle de silence nous englobe.

— Tu l'as déjà loué, c'est ça ?

— En fait, ma chérie, je l'ai vendu. Nigel et Amber en sont tombés amoureux à force d'y habiter. Ils ont bien cherché quelque chose d'autre, mais tu sais ce que c'est lorsqu'on a déjà craqué. C'est trop tard.

Oh, je comprends parfaitement le concept. C'est ce qui m'est arrivé avec Perry. Après lui, aucun homme ne m'a plu. J'aimais son sourire étincelant, son air juvénile, son humour...

L'image de Gabriel York apparaît soudain dans mon esprit. Ténébreux, irritable, sévère. Rien à voir avec Perry. Pourtant, mon pouls s'emballe et se met à jouer du tam-tam dans mes oreilles.

La voix de ma tante me ramène à la réalité.

— Ça fait des semaines qu'ils me pressent. Ils ont dû croire que je voulais faire monter les enchères mais honnêtement, jusqu'à la semaine dernière, je n'étais pas intéressée. Un rendez-vous avec mon comptable a suffi à me faire changer d'avis.

— Oh, Cora, je suis désolée...

— Mais non, ce n'est qu'une petite difficulté temporaire. Quoi qu'il en soit, je suis venue signer la promesse de vente. La date effective de cession dépendra de toi.

En d'autres termes, elle veut savoir combien de temps il me faudra pour déménager. Je me radosse à mon siège, le souffle coupé. Je suis sur le point de me retrouver sans domicile.

— Ça va me prendre un ou deux jours de rassembler mes affaires, réponds-je avec un sourire forcé.

— Si vite ? Oh, ce serait merveilleux.

J'acquiesce. Après tous les services que Cora m'a rendus, je me vois mal ne pas tout faire pour lui faciliter la tâche. Même si je dois avouer que je comptais vraiment sous-louer la chambre de Kate pour garder la tête hors de l'eau.

— Tu vas t'en sortir ? demande Cora d'un ton inquiet.

— Oh, bien sûr, ne t'en fais pas pour moi. C'est plutôt moi qui m'inquiète pour toi.

— Ne t'en fais pas non plus, alors. Je n'aurai qu'à être un peu moins dépensière pendant un moment.

Elle marque une pause, puis m'interroge soudain :

— Sophie, pourquoi ne rentrerais-tu pas chez toi ?

Cela a tout l'air d'une conspiration, mais je sais que Cora ne me ferait jamais une chose pareille.

— Ton père a besoin de toi, dit-elle d'un air de sincère inquiétude. Le départ de ta mère lui a porté un coup dur.

Evidemment, il n'a jamais repassé une chemise de sa vie ! Chaque fois qu'il voulait quelque chose, il n'avait eu qu'à tendre la main. Ma mère a dirigé le foyer, le conseil paroissial, le conseil municipal — tout le village, pour ainsi dire — toute seule. Elle a donné, donné, donné, sans jamais rien recevoir. Il n'est pas étonnant qu'elle soit partie avec la première personne qui lui a manifesté un tant soit peu d'attention.

— Il n'est pas le seul à qui elle manque, réponds-je gravement. Mais plutôt que de rester assis tout seul chez lui à se lamenter, il ferait bien d'aller la retrouver et de lui dire lui-même qu'il l'aime.

71

— Je suppose que c'est un non ?

Je réprime un soupir. Tout serait si facile chez mon père... Je n'aurais pas à m'inquiéter pour mon travail. J'aurais un toit. Je pourrais prendre mon temps pour travailler mon plan de carrière.

Facile, oui. *Trop* facile.

— Je ne peux pas remplacer ma mère. Et je ne rendrai pas service à mon père en lui servant de béquille sur laquelle s'appuyer. Il faut qu'il prenne ses responsabilités. Ne t'inquiète pas pour moi, de toute façon. Tu peux dire à Nigel et à Amber qu'ils peuvent revenir. D'une façon ou d'une autre, je serai partie dimanche.

Je me lève, soudain oppressée par l'atmosphère du restaurant.

— Il va falloir que j'y aille.

— Tu es sûre ? Tu ne veux pas de dessert ?

— Certaine, merci.

— C'est gentil de comprendre ma situation, Sophie.

— C'est parfaitement normal. C'est plutôt à moi de te remercier pour tout ce que tu as fait pour moi.

— Tu es sûre que tu dois partir ? Nous pourrions aller faire un peu de shopping !

Décidément, Cora est incorrigible ! Une minute à peine après avoir juré qu'elle allait s'efforcer d'être moins dépensière, elle me propose une expédition shopping !

Et puisque qu'il faut bien que l'une de nous deux au moins soit responsable, je lui rappelle :

— Tu n'es pas censée aller signer ta promesse de vente ?

— Bon, alors faisons juste un peu de lèche-vitrines. Dix minutes.

— Non, Cora, je suis vraiment désolée. J'aurais aimé rester mais j'ai un rendez-vous avec deux chiens qui vont manger les pieds des meubles si je n'arrive pas à l'heure pour les sortir. Bien sûr, si tu veux m'accompagner, tu es la bienvenue.

— Euh, merci, mais je crois que je vais m'abstenir.

— Tu ne sais pas ce que tu rates.

— De la boue, de la boue et encore de la boue ? Je ne suis pas habillée pour ça.

Je baisse les yeux vers ma tenue. Moi non plus je ne suis pas habillée pour ça. Ce qui signifie que je vais devoir rentrer me changer en quatrième vitesse si je ne veux pas être en retard une nouvelle fois !

Je réussis l'exploit de ne pas être en retard.

Et c'est d'autant plus important que mon arrivée coïncide avec celle d'un taxi. Prenant le chauffeur de vitesse, j'arrive la première à la porte et sonne. Gabriel York m'ouvre presque instantanément. Il devait être en train de faire les cent pas dans l'entrée.

Bon, les cent pas, c'est peut-être un peu exagéré étant donné qu'il a l'air de tenir à peine debout. Mais une énergie fiévreuse se dégage de lui. Et le petit sac à ses pieds me laisse supposer qu'il est sur le point de sortir.

— Où croyez-vous aller comme ça ? lui dis-je.

Ma journée a été désastreuse, et je suis bien décidée à ne pas m'en laisser conter par un type qu'un souffle de vent pourrait renverser. Bon, peut-être pas un souffle. Une violente rafale.

— Je rentre chez moi.

— Pardon ?

73

— Je rentre chez moi, répète-t-il plus lentement, comme si j'étais simplette.

— Que s'est-il passé, au juste ? Crissie a trouvé son dessus-de-lit taché ? L'un des chiens a mangé son poulet bio ?

Je sens qu'il aurait pu sourire s'il n'avait pas besoin de toute son énergie pour rester sur ses pieds. Il ne faut pas être médium pour deviner qu'il n'est pas en état d'aller très loin.

— Mon frère est parti à New York cet après-midi. Une crise à l'ONU qu'apparemment lui seul peut résoudre. Il n'a même pas eu le temps de rentrer prendre sa brosse à dents.

— Alors ?

— Alors Crissie est en train de faire ses valises pour le rejoindre.

— Pourquoi ? Ils ne vendent pas de brosses à dents à New York ?

— Je suis sûr que si, mais il va être absent un mois, et il aura besoin de beaucoup plus que ça, explique-t-il patiemment.

De l'intérieur de la maison, j'entends quelqu'un s'agiter, quelque chose tomber, un juron résonner.

— Comme vous pouvez l'entendre, il ne fait pas bon traîner dans les parages, reprend mon compagnon à voix basse. Elle a assez à faire sans m'avoir sur le dos.

— Mais vous avez besoin de quelqu'un !

Je dois résister à tous mes instincts féminins, qui me suggèrent de glisser un bras sous le sien pour le soutenir et le reconduire droit à son lit. Ces mêmes instincts féminins me soufflent également qu'il n'est pas prudent de m'approcher d'un lit avec lui.

— Je n'ai besoin de personne.

74

— C'est ça.

Comme pour confirmer mes soupçons, il vacille et s'appuie lourdement au chambranle.

Oh, et puis zut. Il n'est pas en position de protester. Je le rejoins et passe un bras sous le sien.

— Vous avez besoin de vous asseoir.

— Dans le taxi, dit-il avec une noire détermination.

Je soupire et me soumets. Je sais qu'il ne me permettra pas de l'entraîner ailleurs.

— Vous auriez dû m'appeler, lui dis-je d'un ton de reproche, après que je l'ai installé dans le taxi. Je serais venue plus tôt.

— J'ai essayé. Votre téléphone était débranché.

A l'entendre, je l'avais fait exprès, juste pour l'ennuyer !

— Il n'est pas débranché, lui réponds-je sèchement, le sortant de ma poche pour lui prouver que j'ai raison.

De fait, j'ai raison. Il n'est pas débranché. Juste à court de batterie.

— Flûte !

— J'ai laissé un message sur votre répondeur, déclare-t-il, résistant visiblement à la tentation d'enfoncer le clou.

— Oui, ce n'est pas ma semaine… Il doit y avoir des dizaines de gens qui me laissent des messages pour me proposer du travail.

— Vraiment ?

— Non, je rêvais tout haut.

Je range mon téléphone, puis regarde Gabriel.

— Vous êtes sûr de ce que vous faites ? Vous avez une mine affreuse.

— Je me sens affreusement mal. Et le fait de vous parler ne m'aide pas.

Il me tend un bout de papier sur lequel figurent une adresse et un numéro de téléphone et reprend :

— Allez promener les chiens et ramenez-les à cette adresse.

— Seulement si vous me promettez d'aller vous coucher dès que vous arriverez. Laissez la porte ouverte.

Il paraît sur le point de protester, puis hausse les épaules.

— Comme vous voulez. Je commence à vous connaître, je n'ose plus vous contrarier.

Puis il referme la porte, dit quelques mots au chauffeur, et le taxi disparaît bientôt au coin de l'impasse.

5.

Gabriel parti, je regagne la maison et remonte le perron pour fermer la porte derrière lui. Je n'ai pas touché la poignée que Cristabel York se matérialise sur le seuil.

— Il est parti ? me demande-t-elle avec surprise. Il ne m'a même pas dit au revoir !

— Je crois qu'il pensait que vous aviez d'autres choses en tête.

— Inutile de lui trouver des excuses, il ne s'en chercherait pas lui-même, croyez-moi.

Elle se passe une main dans les cheveux, dérange leur impeccable ordonnancement et paraît tout à coup vulnérable, humaine, épuisée.

— C'est un véritable cauchemar, soupire-t-elle. Les York sont des hommes très difficiles à vivre. Alors en avoir deux sous le même toit... C'est plus qu'une personne normale n'en peut supporter.

— Il doit bien y avoir des bons côtés, non ? me sens-je obligée de faire valoir, par loyauté pour Gabriel.

Il est mon employeur, après tout ! Evidemment, étant sa belle-sœur, Crissie est sûrement plus apte à le juger que moi.

— Oh, ils sont pleins de bons côtés. Ils sont énergiques, dynamiques, volontaires. Ce sont des forces de la nature, et lorsqu'ils ont quelque chose en tête, rien ne peut les arrêter. C'est pour ça que j'ai fini par en épouser un. Mais ça rend la vie très difficile. Voyez-vous, j'ai une carrière, une entreprise à faire tourner. Mais vous croyez que ça compte ? Non. Il faut que j'abandonne tout pour suivre Michael, parti sauver le monde. Au moins, Gabe a la décence de ne pas infliger ce genre de choses à une femme.

Elle marque une pause puis, réalisant qu'elle en a trop dit, a un geste d'abattement.

— Je suis désolée. Tout cela ne vous regarde pas. Mais j'aimerais vraiment que vous sachiez que je ne suis pas la garce insensible que Gabriel aime à dépeindre. C'est lui qui ne veut pas que l'on s'occupe de lui, et qui décourage toute tentative de l'aider.

Ça, j'avais remarqué ! Je ne peux retenir un sourire compatissant.

— Et avec deux chiens, je suppose qu'il ne fait pas l'invité idéal.

— Si au moins il avait accepté de rester à l'hôpital… Mais non, pas lui. Il ne peut pas se montrer raisonnable. Il est vrai que les médecins font les pires patients. Quant aux chiens, je les lui ai amenés pour qu'il se sente chez lui, ici.

— Qui s'en occupait pendant qu'il était à l'hôpital ?

— Une collègue à lui, une infirmière. Evidemment, il aurait été plus facile qu'il emménage provisoirement avec elle, le temps de se rétablir, mais il n'a pas voulu en entendre parler.

Ainsi donc, Gabriel m'a menti à propos du chenil ! J'en prends bonne note.

— Mais je suis sans doute trop dure avec lui, reprend Cristabel en secouant la tête. Il était encore complètement déprimé quand il est sorti de l'hôpital. C'est l'un des effets secondaires du paludisme, apparemment. Il vous a dit qu'il avait le paludisme, n'est-ce pas ?

— Oui.

— Je pensais pouvoir l'aider.

— Je pense que vous l'avez beaucoup aidé.

— Vous croyez ?

L'idée paraît la réconforter momentanément. Puis elle enchaîne :

— Maintenant voilà qu'il insiste pour rentrer chez lui. Ce qu'il peut être têtu ! Il aurait très bien pu rester ici. Ma femme de ménage serait venue tous les jours s'assurer qu'il ne manquait de rien. Il ne devrait pas rester seul.

— Je suis d'accord avec vous.

— Ça me soulage de penser que vous passerez deux fois par jour. Vous pourrez vous assurer qu'il se rétablit normalement. Attendez un instant.

Elle disparaît à l'intérieur et revient moins de trente secondes après avec un Post-it jaune sur lequel elle a griffonné un numéro.

— Ce sont nos coordonnées à New York. S'il y a le moindre problème, n'hésitez pas à nous appeler.

J'ai soudain l'impression de m'enfoncer dans une affaire qui ne me regarde pas le moins du monde. Mais pourquoi ai-je terriblement envie d'accepter ?

— Ecoutez, je suis juste là pour promener les chiens, fais-je valoir en une tentative désespérée pour me montrer raisonnable.

Je m'apprête à ajouter que sa femme de ménage pourrait aussi bien passer directement chez Gabriel lorsque les chiens, alertés par le mot « promener», se rappellent à mon bon souvenir à grand renfort de gémissements.

— Voilà pourquoi vous êtes la personne idéale pour veiller sur lui. Ces pauvres animaux sont les seules créatures vivantes qui comptent pour lui, et il ne peut les sortir lui-même. S'il commence à vous malmener, vous lui rappellerez qu'il dépend de vous.

Malgré moi, je me sens gagnée par une certaine sympathie à l'égard de cette femme. Sous ses dehors austères, elle semble cacher une nature plus généreuse que ce que j'avais soupçonné.

— Ne vous inquiétez pas, reprend-elle, je réglerai les détails avec l'agence, pour que vos heures supplémentaires soient payées.

— Non, ce... ce n'est pas la peine.

Je répugne toujours à me laisser entraîner dans cette aventure. Comme l'a dit Cora, j'ai bâti une muraille protectrice autour de moi. Et il me semble qu'elle s'effrite dangereusement depuis que j'ai rencontré Gabriel York !

Et puis, j'ai plein d'autres choses à faire. Elaborer mon plan de carrière. Me trouver un vrai travail. Déménager ! Diable, j'avais presque oublié ce dernier point...

— Vous n'avez personne d'autre pour veiller sur lui ?

— Non. S'il vous plaît, acceptez, dit-elle en me tendant de nouveau le Post-it, l'air implorant.

Et que suis-je censée faire, maintenant ? Refuser ? Je voudrais bien vous y voir ! Je ne suis pas un monstre, tout de même. Et puis, ce n'est pas un travail éreintant que me demande Crissie York. Juste de veiller à ce que Gabriel York ait à manger dans son réfrigérateur. Il ne me serait pas difficile d'acheter des plats surgelés au supermarché du coin.

— C'est bon. Je verrai ce que je peux faire.

— Merci. Je vous suis vraiment reconnaissante.

Ouvrant son sac, Crissie en sort des billets qu'elle me fourre dans la main.

— Pour les dépenses que cela pourrait occasionner. Au cas où ça ne suffirait pas, je vous rembourserai en revenant.

Je m'apprête à protester lorsque le téléphone se met à sonner dans la maison. Crissie me fait un petit signe de la main et court répondre, non sans m'avoir fermé la porte au nez...

Percy et Joe n'ont droit qu'à une promenade écourtée dans le parc du Royal Hospital qui, comme son nom ne l'indique pas, n'est pas un hôpital mais une maison de retraite pour militaires.

Je dois trouver la maison de Gabriel dans le quartier de Pimlico, et cela risque de me prendre du temps. Il m'a en effet donné l'adresse mais a omis de préciser *comment* on y accède. Et comme je dois pointer chez Bloomers à 6 heures, je n'ai pas de temps à perdre.

Gabriel habite dans un *mews*, l'une de ces impasses où les écuries d'autrefois ont été transformées en résidences recherchées. Sa maison de brique blanchie à la chaux arbore une porte noire dont les ornements n'ont pas dû voir un chiffon depuis longtemps. Il ne semble pas prêter davantage d'attention à la végétation, laquelle consiste en un arbuste mort planté dans un pot de pierre à côté de l'entrée.

Il n'a heureusement pas oublié de laisser la porte ouverte. Les chiens se précipitent à l'intérieur et se mettent à tourner furieusement sur eux-mêmes dans le salon tant ils sont contents de retrouver leur maison.

— Gabriel ?

Un calcul rapide m'apprend que je n'ai que vingt minutes avant de devoir repartir. Cela devrait suffire pour donner à boire aux chiens et m'assurer que le maître des lieux ne s'est pas évanoui quelque part.

J'ouvre le robinet d'eau froide, dans la cuisine, et laisse l'eau couler pendant une minute. La maison est flanquée à l'arrière d'un petit jardin auquel les chiens peuvent accéder à volonté grâce à une puce électronique dans leur collier qui libère une trappe aménagée à leur effet dans la porte. Ça ne vaut pas la vie à la campagne, mais pour une résidence londonienne, c'est plutôt un luxe.

Après avoir rempli les gamelles des chiens, je pars à la recherche de mon employeur.

La maison est éminemment masculine. Fonctionnelle et chaleureuse, mais dénuée de fantaisie. Je finis par trouver Gabriel dans sa chambre, au deuxième étage. Il devait vraiment se sentir mal, car pour une fois, il a suivi mon conseil et s'est couché.

Je devrais plutôt dire qu'il s'est effondré dans son lit et a tiré la couette sur lui après avoir seulement ôté ses chaussures. Je me rends bien compte qu'il n'est pas idéal de le laisser comme ça, mais pour le moment, je ne peux rien y faire. Le temps presse et il faut vraiment que je me mette en route si je ne veux pas arriver en retard à mon second travail.

Je prends juste quelques minutes pour lui écrire un petit mot que je cale contre la lampe de chevet : « Je reviendrai plus tard. »

Je quitte enfin la maison, laissant la porte entrouverte — de loin, elle paraît fermée. De toute façon, les chiens se chargeront de dissuader tout importun.

Je réalise un peu plus tard que mon petit mot sonne davantage comme une menace que comme une promesse.

Les employées de chez Bloomers se montrent charmantes avec moi.

Quand j'arrive enfin au magasin, hors d'haleine et en sueur, j'en trouve trois en plein travail dans une cour extérieure, les mains rouges de froid malgré leurs mitaines. Elles sont occupées à cueillir des fleurs sur des buissons pour les mettre dans des seaux d'eau.

Pliée en deux par un point de côté, toute rouge moi aussi, je me confonds en excuses pour mes trois minutes de retard. Elles me jettent un regard compatissant et me prennent aussitôt sous leur aile.

— Asseyez-vous ici et reprenez votre souffle. Greta, fais-nous donc un peu thé, s'il te plaît. Nous avons toutes besoin d'une pause.

— Je suis désolée, vraiment... Je viens remplacer la femme de ménage... Je ne voulais pas vous faire attendre.

— Il n'y a aucun problème. Nous allons passer la moitié de la nuit ici à préparer des fleurs pour un mariage. Alors que vous nettoyiez le magasin à 6 heures ou à 7, ça ne fait pas grande différence, n'est-ce pas ?

Vu comme ça, c'est certain... Soulagée, j'acquiesce.

A présent que j'ai quelque peu repris mon souffle, j'en profite pour étudier les lieux. Des fleurs s'entassent un peu partout, des corbeilles en osier et des structures métalliques attendent dans un coin des compositions élaborées.

— Qui se marie ? Un membre de la famille royale ?

— Non. Une FAP comme une autre. Je ne sais pas combien va coûter la cérémonie, mais je sais combien coûtent toutes ces fleurs et croyez-moi, je ne me plains pas de travailler tard.

— FAP ?

— Une Fille A Papa, m'explique la dénommée Greta. Vous savez, le genre qui n'a jamais eu besoin de travailler pour gagner sa vie. Vous voulez du sucre avec votre thé ?

Je secoue la tête. Une FAP.

Exactement comme moi. Je me sens presque coupable d'être assise là, choyée par des femmes qui me traitent comme si j'étais l'une d'elles, alors que j'ai toujours considéré que tout m'était dû dans la vie.

Au point que je n'ai pas jugé bon de poursuivre mes études trop longtemps. Au point que j'ai papillonné de travail en travail, sans me soucier un seul instant de l'avenir.

Soudain, je comprends pourquoi le dragon est si dure avec moi. Elle aurait pu l'être plus. J'avais même de la chance d'être affectée au nettoyage de l'intérieur de la boutique. Au moins, je serais au chaud. Ces pauvres filles, elles, doivent travailler à l'extérieur, dans le froid glacial de cette soirée de novembre.

Lorsque je pars enfin, deux heures plus tard, elles sont encore à leur tâche. Greta me donne un bel arrangement floral. Apparemment, cela fait partie des avantages en nature de travailler chez Bloomers. Et comme je peux difficilement souligner qu'on m'a déjà offert deux magni-

84

fiques bouquets du même magasin la veille, j'accepte de bonne grâce.

Je prends lentement le chemin de Pimlico. La tête me tourne un peu, sans doute du fait du parfum des lis. J'essaie malgré tout d'organiser mentalement mes prochains jours. Ma première urgence est de me trouver un logement. J'ai déjà laissé un message sur le répondeur de Tony, mais j'ignore s'il m'a rappelée puisque ma batterie est à plat. Quoi qu'il en soit, il va falloir que je commence à faire mes bagages ce soir. Une fois que j'aurai vérifié que Gabriel York va bien, comme j'ai promis à sa belle-sœur de le faire.

C'est avec soulagement que j'arrive enfin chez lui. Je suis épuisée et j'ai l'impression que mes pieds pèsent des tonnes. Les chiens se précipitent hors du salon lorsque j'entre pour voir s'ils doivent dévorer l'intrus ou lui lécher les mains. Ils optent pour la deuxième solution, sans doute dans l'espoir d'avoir une deuxième tournée de pâtée…

Après avoir déposé mon bouquet dans un vase, j'étouffe un gigantesque bâillement et monte voir comment Gabriel se porte.

Il fait froid dans sa chambre, et j'en comprends bien vite la raison. La fenêtre est ouverte. Il a dû se réveiller et aller ouvrir de lui-même. Il s'est rendormi mais son sommeil est agité. Je pose la main sur son front : il est fiévreux.

Je décide de refermer la fenêtre. Se rafraîchir est une chose, attraper une pneumonie en est une autre. Puis j'entreprends de dérouler la couette dans laquelle il s'est enveloppé. Tâche ardue étant donné le poids de mon patient, mais je parviens à l'allonger sur le dos. Je lui ôte son pantalon et le fais glisser sur ses longues jambes. Il porte un caleçon de coton gris assez, euh, *moulant*, et je fais de mon mieux pour ne pas regarder.

Je redescends ensuite chercher de l'eau chaude pour lui éponger le front. Le chauffe-eau ne marche pas et il me faut utiliser la bouilloire pour en obtenir. Lorsque je remonte enfin, mes jambes tremblent de fatigue. J'ai l'impression d'être l'héroïne d'un mélodrame victorien, prenant soin malgré son propre épuisement d'un pauvre malade, veillant auprès de lui et lui épongeant le front jusqu'à ce que la fièvre relâche enfin son étau.

Mais en remontant, je découvre que Gabriel ne transpire plus. Au contraire, il claque des dents et tremble incontrôlablement !

A ce stade, me direz-vous, j'aurais mieux fait d'appeler une ambulance. Ou j'aurais dû aller chercher une bouillotte. Mais je ne me sens pas le courage d'affronter de nouveau l'escalier, ni de passer une demi-heure à fouiller dans tous les placards.

Je ne sais pas combien de kilomètres j'ai marché — ou couru derrière des chiens — aujourd'hui. Mais croyez-moi, là, j'ai mon compte. Si je descends, je ne suis pas sûre de pouvoir remonter.

En plus, mes bras et mon dos me font horriblement mal d'avoir passé et essoré une serpillière de taille industrielle chez Bloomers.

Bref, vous voyez le tableau.

C'est de chaleur dont il a besoin ? Très bien. Pour ma part, j'ai trop chaud et je meurs d'envie de m'allonger. Alors si l'on peut faire d'une pierre deux coups...

J'enlève mon pantalon et me glisse dans le lit, tout contre lui. Je dois avoir prêté une oreille plus attentive que ce que je croyais à mes cours de secourisme car je me rappelle qu'il est bon, en cas d'hypothermie, de partager ainsi la chaleur.

Et puis, c'est une urgence, non ? Allongée sur le côté en chien de fusil, épousant chaque courbe de son corps, je tire la couette sur nous et commence à le bercer doucement. Il ne devrait pas mettre très longtemps à se réchauffer. Et dès que ce sera fait, je me lèverai et je rentrerai à la maison pour une nuit de sommeil bien méritée.

— Dites-moi, j'ai raté quelque chose ?

J'ouvre les yeux et me trouve nez à nez avec Gabriel. Il paraît dérouté. Pas fâché, non, juste complètement abasourdi.

Je le comprends d'autant mieux que je suis moi aussi un peu étourdie. Il me faut quelques instants pour revivre les événements de la veille et comprendre ce qui se passe : je suis allongée dans son lit, sans mon pantalon. J'ai *dormi* à côté de lui !

J'ouvre de grands yeux en réalisant la chose, et je vois une lueur d'amusement éclater dans son regard. Et comment lui en vouloir ? Je me suis bel et bien ridiculisée !

Je suis blottie contre lui. Que dis-je, blottie ? Je devrais dire incrustée ! Ma poitrine est contre la sienne, mes cuisses contre les siennes, mes hanches...

Oups, il semble que Gabriel soit *très* réveillé. Il se sent clairement plus... vigoureux ce matin. Une matinée déjà très avancée, à en juger par la lumière qui filtre par les rideaux. Nous avons passé la nuit enlacés comme deux amants.

Il n'y a pas quatre façons de le dire, Gabriel a une érection. Rien d'étonnant, je suppose, pour un homme qui se réveille avec une femme qu'il ne connaît quasiment pas dans son lit, à moitié déshabillée elle-même. Je suis bien davantage étonnée par la réponse de mon propre corps ! Pas d'ambiguïté, en effet, quant à la chaleur moite qui se diffuse au creux de mon ventre.

Et alors que je devrais le repousser tout de suite, je n'ai qu'une envie : me serrer plus étroitement encore contre lui. Ce qui n'est sûrement pas possible.

— Vous, euh, vous aviez de la fièvre, lui dis-je en guise d'explication. Vous… Vous grelottiez.

— Vraiment ? Et c'est un nouveau traitement qui n'a pas encore été reconnu par la médecine officielle ?

Je crois qu'il se moque gentiment de moi, mais c'est difficile à dire. Gabriel York est un pince-sans-rire.

— C'était une urgence. Ça m'a semblé être la façon la plus efficace de gérer la crise. Je suis désolée. Je n'ai pas vraiment réfléchi.

— Oh, je vous en prie, ne vous méprenez pas. Je ne me plains pas. C'est bien plus efficace que d'être jeté dans une ambulance par des brancardiers et emmené à l'hôpital, je vous assure.

— Euh, je dois vous avouer que j'ai pensé les appeler. Jusqu'au moment où je me suis rendu compte que je devrais descendre pour utiliser le téléphone. Et puis, comme vous auriez sans nul doute refusé de les accompagner, on m'aurait poursuivie pour dérangement intempestif des secours. Deux fois en deux jours, ça fait beaucoup. Et j'ai des choses plus importantes à faire que de devoir aller m'expliquer au poste de police.

— Vraiment ? Qu'est-ce que vous avez à faire ?

Il paraît sincèrement intéressé, et j'en oublie notre position pour répondre :

— Me trouver un travail, pour commencer. Ainsi qu'un endroit où habiter, vu que je dois quitter l'appartement de ma tante ce week-end. Et promener vos chiens deux fois par jour. Oh, et faire le ménage chez Bloomers deux heures par soir.

— Vous êtes drôlement occupée, on dirait. Et malgré ça, vous trouvez le temps de jouer les anges gardiens pour moi ?

Je n'ai pas l'impression d'être un ange, mais je préfère ne pas le lui dire. Après tout, avec un prénom comme le sien, il doit s'y connaître davantage en anges que moi.

— Il faut bien que quelqu'un s'occupe de vous.

— Hmm, je suis ravi que ce soit vous. J'aime beaucoup vos méthodes.

— J'ai suivi un cours de secourisme.

— Vraiment ? Apparemment, je n'ai pas suivi les mêmes.

Je rougis légèrement. Des ridules apparaissent au coin de ses yeux et un sourire presque imperceptible flotte momentanément sur ses lèvres. Son visage en est illuminé.

— Vous êtes sûr que c'est au secourisme que vous avez appris tout ça ? demande-t-il d'un ton ironique.

J'avale péniblement ma salive. « Dis quelque chose, idiote ! »

— Absolument. Une partie du cours consistait à nous apprendre à improviser en cas d'urgence. Comme quand vous êtes perdu en montagne, par exemple.

— C'est vrai, il faut se lover contre quelque chose de chaud. Vous semblez avoir intégré ce concept avec un enthousiasme extraordinaire.

Je m'apprête à protester et à lui exposer les dangers de l'hypothermie, avant de réaliser qu'il les connaît bien mieux que moi puisqu'il est médecin.

En tout cas, mon traitement de choc a apparemment marché. Gabriel a l'air de se porter bien mieux ce matin.

— Bon, récapitulons, dit-il, une lueur amusée dans le regard. D'abord, vous me faites du bouche-à-bouche. Enfin, pas vraiment du bouche-à-bouche. Plutôt quelque chose du genre...

Je pousse un petit cri lorsque, sans prévenir, il se penche et effleure mes lèvres. Une onde de sensations irradie tout mon corps, jusqu'à l'extrémité de mes cheveux d'un côté, à mes orteils de l'autre. Il me semble que tout mon être se met à ronronner comme le moteur d'une voiture de sport, silencieux mais prêt à démarrer en trombe sitôt que l'on effleure l'accélérateur.

— Qu'est-ce que vous pensez de mon bouche-à-bouche ? demande-t-il de ce même ton détaché qui indique qu'il contrôle parfaitement la situation.

— Vous... vous êtes médecin. Evidemment, vous avez un certain savoir-faire.

— Oh, je crois que nous sommes sur un pied d'égalité, sur ce point. Le transfert de chaleur, en revanche, est une technique bien plus délicate...

La main qu'il a posée dans mon dos resserre légèrement son étreinte. L'autre aussi, et c'est à cet instant que je réalise qu'elle est... sur mes fesses !

J'ai dit que je ne pouvais pas être plus serrée contre lui ? Je me suis trompée. Il me devient soudain difficile de respirer.

— Il ne faudrait pas pour autant, euh... surchauffer, dis-je d'une voix vacillante.

Bon, de deux choses l'une : soit il se moque de moi, de mon inexpérience et de ma gaucherie, soit il me fait des avances. Et je ne le saurai jamais si je le repousse. En même temps, je ne suis pas sûre de pouvoir affronter les émotions qui me ravagent. Je ne comprends rien à ce qui m'arrive !

Oui, il est grand temps d'arrêter les bêtises.

— Surchauffer ? répète-t-il doucement.

— Oui. Il est important de bien doser le transfert de chaleur. Par exemple, en ce moment, je crois que nous avons tous les deux trop chaud. Ce n'est pas raisonnable.

J'admire moi-même le calme avec lequel j'ai réussi à lui répondre, étant donné la protubérance révélatrice qui exerce une pression contre mon abdomen. Mes seins sont également tout contre son torse. Je sens son souffle me chatouiller l'oreille, et les battements de son cœur en contrepoint du mien.

Il me faut cependant déglutir deux ou trois fois avant de reprendre :

— Si nous en faisons trop, cela pourrait conduire à une rechute. Voire à une nouvelle poussée de fièvre.

Je ne parierais pas, en cet instant, sur qui surchauffera le premier. J'aimerais d'ailleurs éviter de le découvrir.

— Oui, vous devez avoir raison, répond-il sans bouger d'un iota. Mais ça vaudrait peut-être le coup de risquer la rechute juste pour voir jusqu'où vous seriez prête à pousser cette intéressante thérapie.

— Non, docteur. C'est la fin du traitement.

Il me tient encore un instant serrée contre lui, une lueur indéchiffrable dans le regard, une expression tout aussi mystérieuse sur le visage. Je n'y lis plus trace d'amusement.

Mon haut est remonté pendant que je dormais, et sa chemise a fait de même. Mon ventre est collé au sien, sa peau est brûlante. Ou est-ce la mienne ? Je ressens une intense excitation, cette attirance du vide que l'on éprouve parfois au bord d'un précipice. Je sais que le moindre faux mouvement peut me précipiter dans l'abîme.

Et pourtant, j'ai une folle envie d'y tomber. De faire ce faux pas. Je n'ai qu'à rapprocher mes lèvres des siennes, franchir les quelques centimètres qui nous séparent encore, suivre du bout de la langue le tracé de sa bouche et...

Il me relâche.

Comme ça, sans avertissement. J'étais en train de fantasmer et je me retrouve soudain séparée de lui. Comme si une infranchissable muraille venait de tomber entre nous.

Il me faut un long moment pour reprendre mes esprits. Et quelques profondes inspirations. Il ne dit rien pendant tout ce temps, se contentant de m'observer dans un silence grave.

— Il est presque 9 heures, Sophie. Vous vous rendez compte que vous allez être en retard au travail ?

Cela me fait l'effet d'un seau d'eau glacée sur la tête. Je cligne des yeux et je bondis à bas du lit avant qu'il ait eu le temps de dire « ouf ».

— Vous trouverez mon portefeuille dans mon manteau, renchérit-il sans essayer de me retenir. Prenez-y de l'argent et attrapez un taxi pour rentrer chez vous. Les chiens pourront bien attendre une heure.

Il est vrai que j'ai très envie de prendre une douche pour m'éclaircir les idées. L'offre est tentante.

— A croire que vous avez lu dans mon esprit.

92

— Ce n'est pas aussi compliqué que ça. Quand j'ai travaillé tard, moi-même, j'aime repasser chez moi pour me changer.

— Travailler ? Je n'appelle pas ça du travail. C'est... c'est...

Je suis bien en peine de dire de quoi il s'agit. Je suis cependant certaine que de dormir dans les bras de Gabriel York ne fait pas partie de mes obligations professionnelles !

— Une thérapie ? suggère-t-il avec cette drôle de façon qu'il a de sourire sans sourire. Prenez également mes clés, pour pouvoir rentrer sans sonner.

Tout en l'écoutant, je saute sur un pied pour essayer de rentrer dans mon jean. Il me serait plus facile de m'asseoir sur le lit pour le mettre, mais je ne veux pas me rapprocher de Gabriel. Pas avant d'avoir mis un peu d'ordre dans ma tête et être certaine que je ne vais pas, une nouvelle fois, me conduire comme la reine des idiotes.

Et surtout, pas avant d'avoir pris une bonne douche froide.

Alors seulement j'enregistre ce qu'il vient de me dire sur ses clés. Je fronce les sourcils.

— Vous ne comptez pas sortir ?

Puis je réalise qu'il n'est de toute façon pas censé sortir, et je supprime le point d'interrogation de ma question.

— Vous ne sortirez pas. Vous restez au lit.

— Plus tard, je vous donnerai un double.

— Vous êtes censé rester couché !

— Je resterai couché puisque vous me l'ordonnez.

— Je n'ai donc pas besoin d'un double si vous n'avez pas l'intention de sortir.

— Ce sera plus pratique pour vos allées et venues. D'autant plus que j'ai une chambre d'amis à vous proposer. Vous êtes bien à la recherche d'un endroit où loger, non ? Alors servez-vous-en. Evidemment, l'offre ne tient que si vous me promettez de ne pas jouer les infirmières.

— Je n'ai aucune intention de jouer les infirmières !

— Parfait alors.

Sur ce, il roule sur le dos et ferme les yeux, comme si c'était une affaire réglée.

— Comme ça, marmonne-t-il, vous n'aurez plus d'excuse pour arriver en retard au travail.

Là, je suis muette de stupeur. Non que les mots me manquent, au contraire. J'ai une dizaine de réponses qui se pressent dans mon esprit et me paralysent la langue. J'ai envie de l'étrangler, et en même temps de l'embrasser.

Le plus prudent est donc de changer de sujet.

— Vous avez faim ?

— Non. Je n'ai aucun appétit. C'est un des effets secondaires du paludisme. En sus de la dépression. Il y a en a d'autres, mais je les ai oubliés. En revanche, je vous serais reconnaissant si vous vouliez bien m'apporter un verre d'eau.

Je tends instinctivement la main pour prendre le verre posé sur la table de nuit et m'aperçois qu'il est vide.

— Oh, vous l'avez trouvé, dis-je avant de m'interrompre, sourcils froncés.

Il y a également une petite boîte de pilules qui n'étaient pas là la nuit d'avant. Ce qui signifie qu'il s'est levé dans la nuit pour prendre son médicament, puis qu'il s'est recouché, m'a prise dans ses bras et s'est rendormi.

Peut-être a-t-il cru qu'il était victime d'hallucinations ?

— Vous pouvez me faire confiance, dit-il à cet instant, confirmant mes soupçons quant à sa faculté de lire dans mon esprit. Donnez à manger aux chiens avant de partir, d'accord ?

Comme j'hésite, prise d'une inexplicable répugnance à le laisser seul, il rouvre soudain les yeux.

— Vous êtes encore là ?

— Non, réponds-je avec irritation. Je suis un produit de votre imagination.

Je le vois plisser les yeux et entrouvrir les lèvres, comme s'il s'apprêtait à me répondre. Mais l'effort doit être trop grand pour lui, car il les referme sans mot dire.

Après quelques instants, j'entends sa respiration s'apaiser et me décide à partir. Je prends un billet de vingt livres dans sa poche, ainsi que son trousseau de clés, puis je descends.

Joe et Percy me font la fête. Je les récompense d'une généreuse ration de pâtée avant de sortir, refermant doucement la porte derrière moi.

Et comme je ne dispose pas de beaucoup de temps pour me décider, je profite du trajet en taxi pour m'interroger sur mes options immédiates.

Je peux :

1) Dormir sur le sofa de Tony le temps de trouver un appartement adapté à mon budget — envoyez les rires ! — ce qui fera sans doute très plaisir au susnommé Tony.

2) Rentrer à la maison. Là, c'est mon père qui sera ravi. Et sans doute ma sœur. Et ma mère, et ma tante. Bref, tous ceux que j'aime.
3) Accepter l'offre de Gabriel d'utiliser sa chambre d'amis jusqu'à nouvel ordre. Ce qui ne fera plaisir à personne. A part peut-être à moi...

6.

Ma première option est un peu délicate, et risque de réveiller les ardeurs de Tony à mon égard, ardeurs que j'ai eu assez de mal à éteindre. Ce ne serait pas très chic de ma part de lui donner de faux espoirs.

La deuxième, c'est admettre la défaite. Mieux vaut encore tenter ma chance sur le canapé de Tony. De plus, je pense ce que j'ai dit à Cora. Je veux laisser papa affronter ses problèmes tout seul et en tirer les conclusions qui s'imposent. Tout comme je suis forcée de le faire dans ma propre vie.

Cela ne me laisse que la troisième option qui est, sans aucun doute possible, stupide et dangereuse.

Je ne sais rien de Gabriel York, après tout, à part le fait qu'il est ophtalmo, qu'il a un frère nommé Michael qui veut sauver le monde et une belle-sœur, Crissie, qui se fait plus de souci pour lui qu'elle ne veut bien l'admettre. Oh, et il est le premier homme à me troubler autant depuis Perry Fotheringay. Si je n'étais pas prudente, je dirais même qu'il me trouble plus encore que Perry !

En d'autres termes, c'est un homme à éviter à tout prix. Je ne vais tout de même pas lui faire confiance simplement parce qu'il me l'a demandé ! Et puis, j'ai

97

eu la preuve ce matin que tout malade qu'il soit, c'est encore un homme, et fort vigoureux. Tenez, je rougis rien que d'y repenser.

Mais à bien y réfléchir, il prend un risque tout aussi gros en me proposant cette chambre. Car il en sait encore moins sur moi que je n'en sais sur lui. Je pourrais être un véritable escroc, et n'avoir gagné sa confiance que pour vider sa maison pendant son sommeil, utiliser ses cartes bleues ou que sais-je encore.

Je pourrais même être une kidnappeuse d'animaux domestiques ! J'ai lu quelque part que certaines personnes se spécialisaient là-dedans et ne rendaient les animaux que contre une juteuse rançon...

Bon, voilà que je perds la tête. Je ratiocine dans un seul but : retarder l'inévitable, à savoir mon installation chez Gabriel. Car je sais que si je refuse son offre, je vais m'inquiéter pour lui à chaque instant. C'est tout moi, ça. Je m'inquiète à tout propos et pour un rien.

D'un autre côté, qui va nourrir la chatte de gouttière dont je m'occupe ? Qui lui fera manger ses granulés vermifuges ?

Personne, c'est évident.

Mais je pourrai en revanche m'occuper de Gabriel. Veiller à ce qu'il mange convenablement. A ce qu'il ne s'évanouisse pas de nouveau au beau milieu d'un couloir. Je pourrai même appeler Crissie et la rassurer.

M'étant ainsi convaincue que je fais ce qu'il y a de mieux, je ne perds pas de temps pour faire mes bagages. Dans une valise, j'enfourne seulement ce dont j'aurai besoin pour les deux prochaines semaines, ainsi que ma bouillotte au cas où Gabriel n'en aurait pas. Je ne veux pas répéter l'expérience du transfert de chaleur...

Puis, me souvenant que son réfrigérateur est vide, je prends également nombre de provisions du mien.

Je laisse enfin un mot à Nigel et Amber, leur demandant d'expédier toutes les affaires que j'ai laissées dans la chambre, empaquetées, à mon père. Et de lui envoyer la note. Après tout, étant donné les circonstances, c'est le moins qu'ils puissent faire. Je termine en leur souhaitant bonne chance dans leur nouvel appartement. Et je suis sincère. Après tout, rien de tout cela n'est vraiment leur faute.

Je prends également soin de laisser mes clés sur la table de la cuisine. Au cas où je changerais d'avis quelque part entre Chelsea et Pimlico, il me sera ainsi impossible de revenir. Je donne également l'adresse de Gabriel au gardien pour qu'il puisse faire suivre mon courrier.

Et c'est parti ! Oups, pas tout à fait. A mi-chemin, je fais rebrousser chemin au taxi et je vais chercher ma petite chatte. Elle paraît contente de me voir, mais la convaincre de monter dans le taxi est une autre affaire. Sans doute parce que la dernière fois que ça lui est arrivé, je l'ai emmenée chez le vétérinaire...

J'y parviens finalement au prix de quelques égratignures, grâce à des croquettes trouvées au fond de la poche de mon imperméable.

Arrivée chez Gabriel, je pose mes affaires et la chatte dans la petit chambre située à l'étage. Je remplis une soucoupe de lait et dispose à côté un vieux pull pour que ma protégée puisse s'y blottir. Je mets ensuite mon mobile en charge et pars voir ce que fait mon hôte.

Je le trouve endormi. Bien qu'il ne paraisse plus fiévreux, je lui glisse une bouillotte remplie d'eau chaude sous les couvertures. Je retiens mon souffle en le voyant s'agiter un peu dans son sommeil, peu désireuse de confesser tout de suite l'histoire de la chatte. Il me faut un peu de temps pour inventer une bonne raison de l'avoir amenée sans lui en parler.

Après quoi je sors les chiens, que j'ai confinés dans la cuisine pendant que je faisais rentrer la chatte. Ils semblent pour une fois peu disposés à aller se promener, bien plus curieux de savoir d'où vient cette drôle d'odeur féline.

Une fois au parc, je décide de les épuiser afin de faciliter l'inévitable prise de contact entre eux et ma protégée. Ce faisant, je passe en revue diverses excuses que je pourrais fournir à Gabriel.

Je n'en ai trouvé aucune qui me satisfasse quand je reviens enfin. Et pour couronner le tout, Percy, Joe et moi trouvons le maître des lieux installé dans le salon... la chatte sur les genoux.

Un indescriptible chaos s'ensuit.

Enfin, je dis « indescriptible », mais je vais quand même vous le décrire.

Les chiens, qui s'apprêtaient à sauter sur leur maître, s'arrêtent tout net en avisant l'intruse. Cette dernière, paniquée, plante ses griffes dans la cuisse de Gabriel, qui se lève en poussant un juron haut en couleur et en agrippant sa jambe.

J'essaie d'attraper la chatte, mais elle m'échappe et se hérisse, crachant furieusement. C'est alors que Joe, plus jeune et moins expérimenté que Percy, décide d'aller y voir de plus près. Cela lui vaut de recevoir un coup de patte sur la truffe. Avec un jappement plaintif, Joe fait un bond en arrière, renversant au passage un vase de fleurs. La chatte en profite pour filer se terrer sous un fauteuil.

L'espace d'un instant, on n'entend plus que le bruit de l'eau qui coule de la table et tombe sur le sol carrelé.

Enfin, je m'éclaircis la gorge.

— Bonjour ! dis-je gaiement. Vous êtes réveillé ?

Il me décoche un regard qui aurait fait fuir n'importe qui d'autre.

— Votre chatte se plaignait d'être enfermée. De manière plutôt bruyante.

— Vraiment ? Je suis désolée. Elle n'est pas habituée à être confinée quelque part.

— C'est pour ça qu'elle essayait de défoncer la porte à coups de griffes, alors ?

A ce stade, je comprends que j'ai tout intérêt à détourner la conversation. Sa jambe me fournit un bon prétexte.

— Oh, vous saignez ! Il faut désinfecter tout de suite. Vous avez de l'alcool ?

Gabriel me fixe d'une façon qui me fait comprendre qu'il n'est pas dupe de cette manœuvre, mais il a le bon goût de ne pas insister.

— Il doit y en avoir dans le placard sous l'évier, maugrée-t-il.

Je trouve l'alcool à l'endroit indiqué puis, comme je n'ai pas de coton sous la main, je prouve une nouvelle fois ma capacité d'improvisation en humectant le bas de mon T-shirt.

Comme je m'apprête à tamponner sa plaie, il me retient la main, l'air outré.

— Vous ne pouvez pas utiliser ça !

— Inutile d'en faire un drame. C'est propre.

— Et stérile ?

— Ecoutez, vous avez du coton que je pourrais utiliser à la place ?

En guise de réponse, il me darde un regard furieux.

101

— Bon, c'est bien ce que je pensais.

Il a beau être médecin, je ne suis pas d'humeur à me laisser marcher sur les pieds !

— Asseyez-vous, maintenant, et laissez-moi nettoyer ça.

Après une ultime hésitation, il finit par m'obéir. Et comme je n'ai pas envie de lorgner une nouvelle fois ses sous-vêtements — ou peut-être parce que j'en ai justement très envie — je prends soin d'écarter son peignoir juste assez pour révéler sa blessure.

— Je vais survivre ?

— Je ne peux pas le garantir, réponds-je, concentrée sur ma tâche. A moins que ne mangiez quelque chose rapidement. Un œuf serait très indiqué.

Il ne répond pas, et je lève les yeux vers lui. Gabriel me fixe avec un mélange d'étonnement et d'irritation.

— Je vous ai dit que je n'avais pas besoin d'infirmière.

— Et je vous ai répondu que je n'avais pas l'intention de jouer les infirmières.

Si vous voulez mon avis, il regrette de m'avoir invitée un peu hâtivement à m'établir chez lui...

— J'ai menti, reprends-je, mue d'un soudain désir de le provoquer.

J'avais espéré lui arracher un sourire, mais il reste de marbre. Avec un soupir, je me lève et vais rejoindre les chiens pour dispenser les mêmes premiers soins à la truffe de Joe. Le pauvre se met à gémir et se blottit dans mes bras. Je le caresse affectueusement, et nous sommes bientôt rejoints par Percy, qui réclame lui aussi sa part de tendresse.

Ce tableau idyllique est interrompu par la voix grave de Gabriel.

— Je ne me rappelle pas que vous ayez mentionné une chatte. Il ne vous est pas venu à l'esprit qu'elle n'a peut-être pas envie de partager la cuisine avec deux chiens ?

— Elle n'a pas le choix. C'est leur cuisine. Mais je ne pouvais pas la laisser, Gabriel.

— Je ne dis pas que vous auriez dû la laisser. Mais vous auriez dû m'en parler. Avez-vous seulement idée du tintamarre qu'elle faisait ?

Je songe un instant à ce qu'il a dû éprouver en étant réveillé par des miaulements désespérés. Et pense avec effroi aux dégâts qu'elle a dû faire à la porte.

— C'est vrai, j'aurais dû vous en parler. Je suis désolée. J'espérais qu'elle s'installerait et s'endormirait pendant que je promenais les chiens. Si vous voulez annuler votre invitation, je comprendrai parfaitement.

— Et où iriez-vous ?

Ah, ce n'est pas la réponse que j'attendais. J'espérais plutôt entendre : « Bien sûr que non, l'invitation tient toujours ! » Après tout, les animaux finiront bien par se trouver un territoire respectif.

— Je suppose que je devrais rentrer à la maison, concédé-je.

Le choix numéro un, Tony, est à présent hors de question. Mon ami est en effet allergique aux chats. Et j'ai laissé les clés de Cora dans sa cuisine, ce qui m'empêche de retourner à l'appartement. Sans doute mon subconscient m'a-t-il poussée à brûler tous mes vaisseaux.

— A la maison ? Où est-ce ?

— Hmm ? Oh, Berkshire. C'est un peu loin pour venir deux fois par jour promener vos chiens. Et ça vous coûterait trop cher en défraiement.

— C'est une considération, en effet... Et puis, bien sûr, il y a votre travail chez le fleuriste.

— Exact.

Il paraît réfléchir à la chose pendant quelques instants, puis a un drôle de mouvement que je qualifierais, faute de mieux, de haussement d'épaules. Un quasi-sourire fait frémir ses lèvres.

— Montrez-moi donc ce que vous savez faire avec des œufs, enchaîne-t-il. Je prendrai ma décision après. Des œufs brouillés, s'il vous plaît.

Ah, zut. Il ne pouvait pas demander ses œufs au plat, comme tout le monde ?

Bon, des œufs brouillés, je devrais quand même pouvoir m'en sortir. Il suffit de casser des œufs dans une poêle et de... les brouiller. Ce serait bien le diable si je n'arrivais pas à faire une chose aussi simple sans tout brûler !

Non ?

— Je... je vais juste me laver les mains.

— Ne soyez pas trop longue. J'ai l'estomac qui gargouille.

Je lui décoche un regard surpris.

— Je croyais que vous n'aviez pas d'appétit.

— C'était il y a cinq minutes.

Je lève les yeux au ciel, tout en prenant une profonde inspiration. Plus je connais Gabriel, mieux je comprends ce que Crissie a dû endurer.

— Ecoutez, il faudrait savoir si vous voulez que l'on s'occupe de vous ou si vous préférez vous débrouiller tout seul.

— Ce que je voudrais, là, maintenant, ce sont des œufs pochés.

— Vous avez dit brouillés !

— Bon, brouillés, d'accord.

— Eh bien, si vous les voulez, vous attendrez le temps qu'il faudra.

Sans lui laisser le temps de répondre, je tourne les talons et monte changer mon T-shirt trempé d'alcool. Avant de redescendre, j'allume mon portable, qui se met à clignoter comme un sapin de Noël pour m'indiquer que j'ai des messages. Bon, ils attendront. J'ai des choses plus importantes en tête pour l'instant, comme de faire des œufs brouillés... C'est dire si la dernière chose dont j'ai besoin, c'est que le dragon de l'agence d'intérim vienne perturber ma concentration. Gabriel s'en charge fort bien tout seul !

— Allez, au travail ! dis-je en débouchant dans la cuisine.

Cette dernière ne ressemble en rien à celle de Crissie. Gabriel peut dormir tranquille, aucun magazine de mode ne viendra le déranger pour prendre sa cuisine en photo. C'est un étrange bric-à-brac, un mélange d'ancien et de moderne. D'un côté, un énorme vaisselier occupe tout un mur. Il n'y a cependant pas trace de vaisselle dessus, juste un tas de livres et de journaux couverts d'une fine couche de poussière. A ce spectacle, je suis prise d'une envie presque irrésistible de m'emparer d'un plumeau. Et Dieu sait que ça ne me ressemble pas !

Je parviens à me réfréner. Sur le mur voisin, un empilement de tiroirs et de casiers. Dieu seul sait ce qu'ils contiennent. Cela ressemble davantage à un grand classeur kafkaïen qu'à un meuble de cuisine.

La seule surface de travail est une très belle table de bois qui ornait sans doute, autrefois, la salle commune d'une ferme.

Avant d'attaquer les œufs, je ramasse les débris du vase cassé par Joe et mets les fleurs dans l'un des côtés de l'évier. Ce sont celles que j'ai ramenées de chez Bloomers.

— Ils vous paient en nature, chez votre fleuriste ? demande mon compagnon en levant un sourcil surpris.

— Non. Les filles préparaient un mariage, et elles m'ont donné ces fleurs quand je suis partie.

Je ne peux m'empêcher de penser à la mariée. Elle doit être réveillée, à présent, trop excitée pour dormir, trop nerveuse pour avaler quoi que ce soit. L'homme de ses rêves va se donner à elle pour le restant de ses jours...

— Et les roses, l'orchidée et les tournesols ?

— Quoi ?

Oh, bien sûr, les fleurs que j'ai ramenées de la maison... Il a dû les voir dans ma chambre en allant libérer la chatte.

— Non, ça, ce sont des cadeaux. C'était mon anniversaire, il y a deux jours.

— Et vous avez reçu des fleurs ? Ce n'est pas un peu comme d'offrir du charbon à un mineur de Newcastle ?

— Je ne travaillais pas encore chez Bloomers à ce moment-là. Je n'ai commencé qu'hier.

Comme je ne veux pas discuter de mes projets de carrière avec Gabriel, j'ouvre le placard le plus proche. Au lieu de bols, d'assiettes ou de verres, je le trouve rempli de revues médicales. Formidable.

— Ecoutez, si vous êtes pressé de manger, il va falloir m'aider un peu, d'accord ? J'ai besoin d'un bol, d'un fouet et d'une poêle. Anti-adhésive, si possible. Auriez-vous l'amabilité de me dire où je pourrais trouver ça ?

— Désolé, je n'en ai pas la moindre idée.

Evidemment. C'est un homme. Il doit avoir l'habitude que l'on cuisine pour lui.

Mais qui ? L'une de ses nombreuses maîtresses ? L'infirmière qui s'est occupée de ses chiens ?

Je ressens une poussée de jalousie aussi brutale qu'inattendue à l'idée qu'une autre femme a pu se tenir dans cette pièce et cuisiner pour lui.

— Dans ce cas, dis-je avec raideur, ça risque de prendre du temps.

— Aucun problème, je n'ai aucun rendez-vous pressant.

Quelque chose dans sa voix me fait me retourner. Ses poings sont serrés, son visage blême, et j'ai le sentiment qu'il fait tout pour me dissimuler son malaise.

Je me détourne et, faisant mine de n'avoir rien remarqué pour ne pas l'embarrasser, je déclare :

— Moi non plus.

J'ouvre les tiroirs l'un après l'autre. Je finis, à force de patience, par rassembler tout ce dont j'ai besoin. J'entreprends ensuite de déballer ce que j'ai apporté et constate, à mon grand dam, qu'il ne reste que deux œufs dans la boîte. Merci, Nigel et Amber. J'espère que vous avez bien profité de votre petit déjeuner avant de partir...

Mais le pain est relativement frais, ainsi que le beurre. Je devrais pouvoir m'en sortir.

C'est alors que je constate qu'il n'y a pas de grille-pain. Génial. Il va falloir que je fasse dorer les toasts au four tout en faisant cuire les œufs, et en prenant garde à ne carboniser aucun des deux. Ça se complique.

Pour couronner le tout, les animaux décident de revenir à la charge. Joe, remis de ses frayeurs et avec cette capacité d'oubli propre à la jeunesse, rampe doucement vers le fauteuil sous lequel s'est réfugiée la chatte.

— Joe ! tonne son maître. Assis !

L'intéressé s'arrête et s'assied, tournant vers Gabriel de grands yeux tendres. L'image même de l'innocence. Cela lui vaut une tape affectueuse sur la tête, et j'ai soudain l'image d'un prince assis dans son trône, flattant ses lévriers après une chasse fructueuse.

Bon, apparemment, j'ai besoin d'une bonne nuit de sommeil.

— Vous voulez que je monte le chauffage, Gabriel ?

Je regarde ses mains, qui sont effectivement agitées d'un léger tremblement. Il serre les poings pour l'arrêter.

— Non. Non, ce n'est pas la fièvre. Et la chaleur ne pourra rien contre ça.

C'est à mon tour de frémir. Il est chirurgien. Un tremblement comme celui-ci pourrait ruiner sa carrière. Et dire que je me suis lamentée sur mes problèmes !

Je voudrais le prendre dans mes bras et lui murmurer que tout ira bien, que ce n'est que temporaire. Mais il y a fort à parier qu'il n'aimera pas ça et que, cette fois, il me renverra pour de bon !

— Vous devez manger, dis-je du même ton qu'employait ma mère face à une crise domestique. Ça ne prendra pas longtemps.

Je me mets à battre les œufs furieusement. Je place ensuite mes toasts sous le gril du four et verse mes œufs dans une poêle à feu doux.

— Laissez-moi vous aider.

Je concède à Gabriel la surveillance des toasts, parce que je me rends bien compte qu'une catastrophe culinaire

108

finira par se produire si je continue d'essayer de tout faire par moi-même.

Au final, je ne regrette pas d'avoir mis si longtemps à produire quelque chose d'aussi simple que des œufs brouillés. Il n'y a en effet rien de tel que l'attente et l'odeur des toasts chauds pour ouvrir l'appétit. Et Gabriel mange ses œufs — parfaitement cuits — sans rien laisser dans son assiette !

Alors d'accord, il en a l'équivalent d'une cuillère et ce n'est pas très difficile. Je lui aurais volontiers donné ma part si je n'avais pas soupçonné qu'il refuserait et s'en servirait comme excuse pour tout me laisser et ne rien manger du tout. Je préfère encore qu'il sorte de table en ayant faim plutôt que le nourrir de force.

Je triomphe. Moi, Sophie Harrington, ai réussi à faire des œufs de mes blanches mains ! Et j'ai réussi à faire manger le redoutable Gabriel York, notoirement bougon et incontrôlable. Ce n'est pas une mince victoire !

Je me sens maintenant prête à me lancer dans un truc plus compliqué. Genre soupe au poulet. A condition d'en trouver la recette, bien sûr.

Pour ma part, j'ai encore faim lorsque je me lève et propose :

— Vous voulez une tasse de thé ?

Je commence à débarrasser pour couvrir les protestations de mon estomac. Il y a du cottage cheese dans le frigidaire, mais ça ne suffira pas. Ce dont j'ai envie, c'est d'un bon hamburger saignant et d'une portion de frites. Ces dernières vingt-quatre heures, je brûle beaucoup plus de calories que de coutume !

— J'ai apporté du Earl Grey, dis-je. J'aurais dû prendre du café, mais je l'ai oublié dans le placard.

— Non, merci, rien pour moi. Je reste à l'eau. C'était un vrai festin.

Je le dévisage d'un œil critique.

— Ecoutez, vous feriez peut-être bien d'aller vous recoucher, non ? Manger et dormir, ce sont les meilleurs remèdes !

Je tressaille. Bon sang, si ma mère ne revient pas rapidement, je risque de me métamorphoser en clone ! Je parle déjà comme elle !

— Qu'est-ce que vous allez faire ? s'enquiert mon compagnon.

— Nettoyer tout ça, je suppose.

— Je croyais vous avoir entendu dire que vous deviez chercher un travail.

— Dès que j'aurai fait la vaisselle, je brancherai mon portable et mon téléphone mobile et consulterai les nombreuses offres qui ont sans doute afflué au cours des dernières heures.

— Dans ce cas, travaillez dans la cuisine. C'est la pièce la plus chaude.

Il se lève, m'adresse un signe de tête et se dirige vers l'escalier.

— Gabriel ?

— Oui ?

Je fais un geste circulaire et déclare :

— Merci pour tout ça. Je veux dire, l'hébergement. Vous me sauvez la vie.

— Comme ça, nous sommes quittes.

Je n'ai jamais considéré qu'il avait une dette envers moi, mais je me retiens de le souligner. J'attends d'entendre la porte de sa chambre se refermer avant de monter chercher mon ordinateur portable dans ma chambre. Je

110

redescends avec et, pendant qu'il s'allume, consulte mes messages téléphoniques.

J'en ai une dizaine. La plupart émanent de gens qui veulent me remercier pour la soirée d'anniversaire, même si ce n'est pas moi qui l'ai organisée. D'autres appellent simplement pour demander ce qui est prévu pour le week-end. Peut-être est-ce le fait d'avoir atteint l'âge canonique de vingt-cinq ans mais soudain, prévoir les festivités du week-end ne me paraît plus aussi important.

Il y a également un message de ma sœur, qui veut me parler de papa. En d'autres termes, elle veut savoir quand je compte rentrer à la maison afin de m'occuper de lui. Merci, très peu pour moi.

J'ai également trois messages de Tony dans lesquels il m'offre avec une ardeur chaque fois renouvelée l'usage de son canapé. J'ai le sentiment que si j'attends encore pour le rappeler, il va finir par me proposer de déménager et de me laisser son appartement.

Il est peut-être temps pour moi de me détacher de Tony. De lui laisser la chance de rencontrer quelqu'un qui lui retournera la part de son affection qui n'est pas seulement amicale…

Le dernier message est du dragon de l'agence d'intérim. Elle a un travail pour moi. Il s'agit de faire les courses d'une personne âgée. C'est de mon ressort ! J'appelle aussitôt et elle me donne les détails nécessaires. Cette fois, il n'y a plus de sarcasme dans sa voix quand elle s'adresse à moi. Je fais des progrès !

L'agence que j'ai contactée par Internet, quant à elle, me propose un poste de serveuse dans un pub. Etant donné que depuis l'âge de douze ans, Kate et moi avons aidé à servir dans les diverses réceptions organisées par ma mère en échange d'un peu d'argent de poche, je m'en sens parfaitement capable.

J'appelle le numéro qu'ils me laissent. « Il nous faut quelqu'un tout de suite », me dit-on. Je dois arriver vêtue de noir, le tablier est fourni.

Je remonte frapper à la porte de Gabriel. Il me crie d'entrer. Il est assis dans son lit, appuyé sur un tas d'oreillers, un livre épais dans les mains. Il lève les yeux comme je passe la tête par l'entrebâillement.

— J'ai trouvé deux petits boulots. J'ai donné à manger à Tigra — il fallait bien donner un nom à la chatte, et je n'avais pas eu le temps de trouver quoi que ce soit de plus original — et je serai de retour à 4 h 30. En attendant, j'espère que tout se passera bien. Vous avez votre portable ?

Il indique le combiné sur sa table de chevet, et je hoche la tête d'un air approbateur.

— Parfait. S'il y a quoi que ce soit, appelez-moi. Je n'ai pas envie de rentrer et de vous retrouver évanoui.

— Bien, madame.

— Ne vous moquez pas de moi. Vous avez assez chaud ? Vous voulez que je vous refasse une bouillotte ?

— Arrêtez de jouer les mères poules avec moi. J'ai pris mon petit déjeuner, vous avez donc fait votre bonne action pour la journée.

— Vous avez toujours mon numéro ?

Il prend son téléphone portable et, l'espace d'un instant, je me demande s'il ne va pas me le lancer à la figure. Au lieu de cela, il déclare :

— Je vais le programmer. Rappelez-le-moi.

Je lui donne mon numéro, qu'il enregistre dans l'appareil.

112

— Là, vous êtes contente ? susurre-t-il lorsqu'il a terminé.

— J'en suis ravie. Si vous avez besoin de quoi que ce soit, appelez-moi. J'ai rechargé ma batterie.

J'ai à peine quitté la maison que mon téléphone se met à sonner.

— Sophie Harrington à votre service ! dis-je joyeusement en décrochant.

— A propos de cette bouillotte…

La voix de Gabriel, chaude et sensuelle — et complètement inattendue —, me fait frissonner de la tête aux pieds. J'essaie de me ressaisir, de me rappeler qu'il n'est qu'un rustre désagréable, trop tard. J'ai l'impression de flotter sur un petit nuage.

— Qu'est-ce qu'elle a, ma bouillotte ? réponds-je d'une voix mal assurée.

— On dirait un mouton.

— Oh, oui. C'est Sean. La bouillotte est à l'intérieur.

— Sean le mouton ?

— Oui. C'est une enveloppe de bouillotte. Ça la rend toute douce et réconfortante.

— Si j'ai besoin de douceur et de réconfort, je vous le ferai savoir. En attendant, sachcz que j'ai froid et que je ne saurais me contenter de « Sean le mouton » pour me réchauffer. Je veux la méthode de transfert de chaleur.

Tout à coup, je me mets à trembler au beau milieu de la rue. Le vent froid qui s'engouffre dans l'impasse n'y est pour rien, je le sais. Mais je sais aussi qu'il serait complètement déraisonnable d'accéder à la demande de Gabriel, et de rentrer. Je rassemble donc toute ma volonté — car Dieu sait que je suis tentée d'accéder à sa requête — et je réplique :

— Il faudra vous débrouiller tout seul.

Seule la tonalité me répond...

7

— Allô, Sophie ?

— Oh, bonjour, Kate. Je croyais que tu ne rentrais
que demain. Comment c'était, l'Ecosse ?

— Oublie l'Ecosse. Comment vas-tu ?

— Moi ? Bien.

Je vais mieux que bien, en fait. Je suis aux anges.

— Plus exactement, *où* es-tu ? Je viens d'appeler à
l'appartement, et Amber m'a dit que Nigel et elle venaient
de l'acheter et que tu étais partie.

— J'allais t'appeler demain pour te prévenir. Cora
avait besoin d'argent.

— Et elle t'a mise à la porte comme ça, sans préavis ?
Comment a-t-elle pu faire une chose pareille ?

— Elle était gênée, crois-moi. Mais elle nous a énor-
mément aidées. Je ne voulais pas lui rendre les choses
plus difficiles. Ne t'en fais pas, je me suis trouvé un
toit en attendant de m'organiser.

— Chez Tony ? Tu crois que c'est sage ? Tu sais qu'il
est amoureux de toi et...

— Pas chez Tony, non. Chez quelqu'un que tu ne
connais pas. Mais si tu entends parler d'un appartement
qui se libère...

— Bon sang, Sophie, tu rendrais service à tout le monde, toi la première, en rentrant à la maison.

Je regarde un instant mon téléphone, incrédule.

— Papa m'a appelée hier soir, reprend Kate dans un soupir. Je crois qu'il avait bu. J'ai essayé de parler à maman, mais elle refuse de m'écouter. S'il te plaît, Sophie, j'ai trop de travail pour m'occuper de ça en plus.

Alors que moi, je n'ai pas de travail. Pas un vrai emploi, digne de ce nom. Je sais que Kate ne sera pas très impressionnée par le fait que je promène des chiens, que je fais les courses d'une vieille dame et que je suis serveuse dans un pub. Ah, j'allais oublier mes heures de ménage chez Bloomers...

— Et Simon a besoin de moi, ajoute ma sœur.

— Je ne peux pas rentrer. Moi aussi, j'ai d'autres engagements.

J'entends Kate émettre un grognement d'irritation. Mais j'ai beau ne pas gagner autant qu'elle, cela ne diminue en rien mes responsabilités. Et puis, Noël approche. Il faudra bien que je puisse acheter un minimum de cadeaux et de cartes de vœux.

— Tu ne peux pas au moins venir pour le week-end ?

— Je n'ai pas de voiture, Kate.

Gabriel, en revanche, en a une. Un gros Range Rover gris métallisé avec assez de place à l'arrière pour deux chiens. Cela fait à présent deux semaines qu'il est convalescent. Un week-end à la campagne lui fera sûrement le plus grand bien, vous ne croyez pas ?

*
**

116

— Le problème avec une carrière comme la mienne, composée de plein de petits boulots, c'est que ça ne laisse pas beaucoup de temps pour chercher un appartement.

— Ça ne s'appelle pas vraiment une carrière, Sophie, me rétorque Gabriel, à demi caché derrière son journal, édition du dimanche.

J'applique un peu de cire sur le vaisselier et hausse les épaules.

— Appelez ça comme vous voudrez. Je dépanne beaucoup de gens. Je réponds à un besoin. Prenez Mme Andrews, par exemple.

— Qui ça ?

— La vieille dame pour laquelle je fais les courses.

— J'espère qu'elle vous paie généreusement pour ça.

— Evidemment qu'elle me paie ! Bon, peut-être pas généreusement, mais sans doute plus qu'elle ne peut vraiment se le permettre. Je pourrais ne le faire qu'une fois par semaine, ce serait aussi efficace et ça lui reviendrait moins cher. Ce n'est pas de quelqu'un pour faire ses courses dont elle a besoin. C'est de quelqu'un à qui parler. Elle a toujours du café frais quand je reviens, et je soupçonne que les biscuits qu'elle me demande d'acheter sont juste pour moi. Que suis-je censée lui dire ? Désolée, mais je n'ai pas le temps ?

Encouragée par le silence de mon compagnon, je renchéris :

— Nous prenons donc le café et elle me raconte sa vie. Elle était musicienne. Violoniste, plus précisément. Elle a voyagé dans le monde entier et rencontré des gens extraordinaires.

— Vous n'êtes pas payée pour lui faire la conversation.

— Vous êtes vraiment sans cœur.

— C'est anatomiquement impossible, je suppose que vous le savez ?

— Je parlais au figuré, docteur, réponds-je en résistant à mon envie de lui rabattre le caquet. Votre cœur n'est rien d'autre qu'une pompe stérile. Il bat, mais vous ne ressentez rien.

— Un médecin ne peut pas se permettre de ressentir quoi que ce soit. Pas davantage qu'une fille qui n'a pas de vrai travail.

— Mme Andrews est seule, Gabriel.

— Elle n'a qu'à s'acheter un chat. Tenez, ajoute-t-il en me dévisageant par-dessus le bord de son journal, pourquoi ne lui donneriez-vous pas le vôtre ?

— Très drôle.

— Non, je suis sérieux. Cette femme...

— Elle a un nom, vous savez.

— ... vous empêche de gagner votre vie.

« Et de chercher un appartement. » Il ne le dit pas, mais c'est sous-entendu. Ça fait maintenant deux semaines que j'habite chez Gabriel et je n'ai pas entrepris la moindre démarche pour déménager. Et j'essaie justement de lui expliquer pourquoi. Ce n'est pas faute d'avoir essayé. Mais je n'ai pas une minute à moi ! Toutes mes journées sont prises par les divers travaux que j'enchaîne.

— Je pensais que votre... carrière vous donnerait largement le temps de faire autre chose, ironise-t-il.

Une nouvelle fois, il ne faut pas être sorcier pour comprendre ce qu'il entend par « autre chose ». Me trouver un toit et décamper. Je ne me laisse cependant pas démonter.

118

— C'est vrai sur un plan théorique.

Ce que je me retiens d'ajouter, c'est que ça ne l'est plus dès lors que je reviens deux ou trois fois par jour chez lui pour m'assurer qu'il va bien et qu'il ne manque de rien !

— J'ai demandé à tous mes amis d'ouvrir l'œil, dis-je en frottant une tache particulièrement rebelle sur le vaisselier que je cire depuis une demi-heure.

— Espérons qu'ils ont dix sur dix à chaque œil, alors.

— Je ne veux pas que vous pensiez que j'abuse de votre générosité.

— Ça ne risque pas. La générosité, je ne connais pas. Demandez à tous ceux qui me connaissent.

— Moi je vous connais, et je vous trouve très généreux. Vous m'avez accueillie au moment où j'en avais vraiment besoin.

Il renonce finalement à lire son journal, le replie et me darde un regard noir.

— Qu'est-ce que vous fabriquez ?

Tactique évidente de diversion, mais je ne relève pas.

— Ça ne se voit pas ? Je dépoussière et je cire.

Le bois sombre du vaisselier brille à présent dans la lueur d'un froid soleil d'hiver, qui a daigné réapparaître après plusieurs jours de pluie discontinue. C'est ce changement de temps qui m'a décidée à entreprendre un grand ménage.

— Je pense que vous ne faites que déplacer la poussière. Elle va nous irriter les bronches.

— Je ne pense pas que vous ayez besoin de poussière pour vous irriter quoi que ce soit. Vous êtes irrité de nature.

119

— C'est ce que je vous disais. Je ne suis ni gentil ni généreux. Vous vivez dangereusement, avec moi.

— Je le sais depuis que j'ai frappé à votre porte pour la première fois.

Il y a un court silence, comme s'il réfléchissait à la chose, puis il reprend du même ton bougon :

— Vous devriez laisser la poussière tranquille. Elle ne fait de mal à personne.

— C'est vous qui me dites ça ? Vous qui avez poussé des hauts cris parce que je n'ai pas utilisé de tissu stérile pour nettoyer une égratignure ? Laissez-moi rire.

Il marmonne une réponse indistincte, quelque chose qui ressemble à « Groumph » ou « Humph », puis se cache de nouveau derrière son journal. Agacée, je demande d'un ton suave :

— Comment va votre genou, puisque nous en parlons ? Pas de signe d'infection ?

Il grommelle de nouveau quelque chose que je ne comprends pas.

— Pardon ?

— Il va bien. Qu'est-ce qu'il y a au petit déjeuner ?

Je ne suis pas dupe de ce nouveau changement de sujet. Cela fait deux semaines que j'essaie de tenter son appétit à l'aide de petits plats goûteux et légers, mais il mange comme un oiseau. Sans doute parce que ma cuisine n'est pas aussi réussie que je l'aimerais. Je n'ai jamais renouvelé l'exploit des œufs brouillés, qui restent mon haut fait gastronomique.

A l'image de son appétit, son humeur semble également se dégrader de jour en jour.

Le moment d'intimité que nous avons partagé au téléphone, lorsqu'il m'a appelée pour me demander de remonter le réchauffer, n'a pas duré plus longtemps que ce coup de fil. Peut-être que j'aurais dû accepter son invitation, après tout... Car quand j'étais revenue à la maison, après avoir fait les courses de Mme Andrews et fait mes premières armes en temps que serveuse — les patrons du pub avaient tellement besoin de quelqu'un qu'ils m'avaient engagée sur-le-champ —, j'avais trouvé Gabriel de nouveau d'humeur noire et irritable.

Il n'avait pas voulu manger. Il n'avait d'ailleurs voulu de rien, à part qu'on le laisse seul. Et il n'avait pas tourné autour du pot pour me le faire savoir. Non, il me l'avait dit franchement, en me regardant droit dans les yeux.

A bien y réfléchir, il n'aurait pas pu être plus clair pour me faire comprendre qu'il regrettait de nous avoir invitées, ma chatte et moi.

Ah, c'est vrai, il n'avait pas invité la chatte...

Dommage pour lui. Parce qu'il nous aura sur le dos jusqu'à ce qu'il soit capable de se débrouiller tout seul, ou jusqu'à ce que je me trouve un nouvel appartement. Bien sûr, je me suis bien gardée de le lui dire. Tout comme je me suis gardée de lui dire que j'appelais Crissie tous les jours pour la tenir au courant des progrès de sa santé.

Ou plus exactement, de l'absence de progrès de sa santé.

Certes, il ne passe pas ses journées au lit à jouer les invalides. Mais j'aimerais justement le voir rester allongé plus souvent, au lieu de tourner dans sa maison comme un lion en cage. Il a besoin de repos.

C'est exactement ce que je lui ai dit il y a quelques jours, et cela m'a valu de me faire envoyer paître en beauté. J'ai donc décidé de cesser de lui demander ce qu'il voulait manger, ou s'il avait besoin de quoi que ce soit. S'il désire quelque chose, il n'a qu'à réclamer. Pour ma part, j'ai assez à faire sans lui dans la maison.

Depuis mon vaisselier, je glisse un regard dans sa direction. Il a dressé son journal entre nous deux, comme une cloison derrière laquelle il se cache. Au moment précis où je l'observe, son journal se met à trembler, et il le replie avec une exclamation irritée.

— Je ne sais même pas pourquoi je lis ces foutaises, déclare-t-il furieusement.

Il se lève, les poings serrés. Il a l'air d'un homme qui veut courir, courir sans s'arrêter, mais qui sait qu'il n'a nulle part où aller. Il est amaigri, pâle, et ses yeux brillent de colère contre sa propre faiblesse.

Et mon cœur, mon pauvre cœur que je pensais avoir laissé à Perry Fotheringay, me rappelle soudain qu'il est bel et bien là, toujours dans ma poitrine. Une vague d'émotion me submerge, si violente que je titube légèrement. Je me surprends même à agripper le vaisselier pour garder mon équilibre.

Je voudrais lui ouvrir mes bras, prendre ses mains tremblantes et les serrer contre mon cœur, lui communiquer ma chaleur et le soigner. Je fais un pas dans sa direction, comme pour mettre cette idée à exécution, mais me heurte au champ invisible de colère qui l'entoure. Je crois d'ailleurs que cette colère est la seule chose qui le soutienne encore, qui l'empêche de s'effondrer.

Je connais les symptômes. Moi aussi, j'ai connu ça.

Oh, c'est vrai, ce n'est pas à la colère que j'ai recouru pour cacher ma souffrance, quand Perry m'a quittée. C'est même exactement le contraire. J'ai fait mine d'être joyeuse, de me moquer de tout, je me suis jetée à corps perdu dans une suite ininterrompue de fêtes et d'emplois sans intérêt. Tout ce qui pouvait émousser la peine était bienvenu.

Mais tout cela était vain. Stupide et inutile. Je ne le comprends qu'à présent. Dire que je me suis lamentée sur mon pauvre cœur, que j'ai geint et maudit le ciel ! Mais qu'est-ce qu'une peine sentimentale comparée à la perspective de ne plus pouvoir opérer, de ne plus pouvoir utiliser ses mains pour soigner, rendre la vue ?

Je ferais n'importe quoi, en cet instant, pour aider Gabriel, pour soulager sa douleur, ne serait-ce qu'un seul instant. Je lui donnerais l'oubli momentané du plaisir, même, s'il me le demandait. Je sais que j'accepterais.

Mais je sais également qu'il le verrait comme une expression de pitié, et qu'il se mépriserait davantage pour l'avoir provoquée. Il m'en voudrait également de le voir si diminué.

Et peut-être est-ce également pour cette raison qu'il me tient à distance. Parce qu'il ne veut pas que je le voie en position de faiblesse. Parce qu'il ne veut pas du réconfort que je pourrais lui offrir.

Comme si j'avais formulé ces pensées à voix haute, il braque soudain sa colère sur moi.

— Alors ? Qu'est-ce qu'il faut faire dans cette maison pour avoir un petit déjeuner ?

Je comprends sa frustration, c'est vrai, mais cela ne veut pas dire que j'accepte de jouer les victimes. J'affronte son regard la tête haute, lève un sourcil glacial et réplique :

— Demander gentiment ? Ou si vous n'en êtes pas capable, vous avez toujours l'option de vous le préparer vous-même.

En guise de réponse, il traverse la cuisine et sort un carton de jus d'orange du réfrigérateur. Je sais par expérience que cette marque est particulièrement difficile à ouvrir, mais je ne suis pas stupide au point de lui offrir mon aide. Je ne sais que trop bien comment je serai reçue !

Il arrive enfin à ouvrir un coin du carton, mais ses mains tremblent tellement qu'il en verse presque autant à côté que dans son verre. Il observe un instant les dégâts. Puis, avec un cri de rage, il prend son verre et le fracasse contre le mur.

Le silence est assourdissant. Il me semble même entendre le bruit que fait le jus de fruit, épais et riche en pulpe, en coulant le long du mur. Gabriel fixe les éclats de verre, haletant, les lèvres retroussées sur ses dents blanches en un rictus rageur.

— Il y a une troisième solution, dis-je calmement.

Il tourne vers moi un regard meurtrier et fait même un pas en avant, comme s'il voulait m'agripper par les épaules et me secouer. Je suis sûre qu'avec ce petit numéro, il a dû impressionner plus d'un étudiant en médecine et plus d'une infirmière. Mais avec moi, ça ne marche pas. S'il veut m'impressionner, il utilise la mauvaise technique. Un sourire aurait bien plus d'effet.

— Par pitié, ne me faites pas attendre plus longtemps, raille-t-il. Le suspense est intolérable.

Il s'est arrêté à quelques centimètres de moi, se rappelant de garder ses distances. Je ne suis pas sûre d'en être parfaitement satisfaite.

— Vous pourriez m'emmener prendre un petit déjeuner chez l'Italien du coin, dis-je après m'être éclairci la gorge.

Cette suggestion paraît le dérouter, au point qu'il en oublie momentanément sa colère.

— Pourquoi devrais-je faire une chose pareille ?

— Parce que j'ai promené vos chiens, dépoussiéré et ciré votre vaisselier, et que je meurs de faim.

— Je vous paie seulement pour promener mes chiens. Vous avez même un bonus le dimanche, me rappelle-t-il.

Je demeure imperturbable. Ce n'est pas une question d'argent. Je le sais, il le sait. Je sais également qu'il ressent quelque chose pour moi, qu'il brûle d'envie de me toucher, de m'attirer contre lui. Je n'ai pas oublié ce matin où je me suis réveillée dans son lit.

— Il s'agit juste d'un petit déjeuner, pas d'un repas au Ritz, fais-je valoir d'un ton méprisant. Je n'ai aucune envie de cuisiner, et… et je n'aime pas manger seule dans un endroit inconnu. Et puis, un peu d'air frais ne vous ferait pas de mal.

— Frais ? Il fait glacial ! Je vais attraper une pneumonie.

— Mais vous êtes une vraie mauviette ! Il y a un grand soleil ! Ça vous ouvrira l'appétit de sortir un peu. Et au moins, pour une fois, le repas sera comestible.

— C'est vrai que c'est un plus, concède-t-il avec un sourire narquois.

J'en suis piquée, mais relègue ma fierté aux vestiaires. Je touche au but. J'en suis si proche que je ne songe même pas à gronder Joe, qui s'approche de plus en plus du canapé sur lequel j'ai déposé toute la vaisselle pour nettoyer le meuble.

J'assène le coup final.

— Vous avez été bougon toute la semaine, et je vous ai supporté sans rien dire. Je trouve que ça mérite une récompense.

— Bougon ? Je ne suis pas bougon. Je suis la patience incarnée. Je suis même un saint, si l'on considère que vous n'arrêtez pas d'entrer et de sortir, que votre téléphone sonne sans arrêt et que vous avez amené un chat dans cette maison sans même juger bon de…

Je l'interromps sans hésiter. Ce ne sont pas mes défauts que l'on épingle aujourd'hui, mais les siens.

— Et comme j'ai eu tellement de travail que je n'ai pas pu faire les courses, il n'y a plus de pain. Vous imaginez un repas sans pain ?

— Vous faites quotidiennement les courses pour Mme Andrews et vous n'avez pas été fichue d'acheter du pain ?

— Elle me paie pour faire *ses* courses. Vous, vous me payez pour promener vos chiens. Tout ce que je fais en plus, je le fais gracieusement.

S'il veut continuer comme ça jusqu'à la fin de la journée, pas de problème, je suis prête. Ce n'est pas moi qui me fatiguerai la première. Je croise les bras et arbore une expression têtue pour bien le lui faire comprendre.

Mais le message ne passe pas du premier coup.

— Vous voulez dire qu'il faut que je vous achète une heure de votre temps si je veux avoir mon petit déjeuner ? gronde-t-il.

Tiens, son tremblement a cessé… Je secoue la tête.

— Non. Je dis simplement que vous devriez prendre votre manteau, votre écharpe, et m'emmener déjeuner. Je meurs de faim, et je serais ravie de manger des toasts non brûlés, pour une fois.

Il ne trouve rien à redire à cela. Et si je lui accorde encore une minute, il va se souvenir qu'il n'a pas faim du tout, qu'il n'a inventé cela que pour changer de conversation à un moment où elle devenait un peu trop personnelle. Je ne dois pas le laisser rentrer de nouveau dans sa coquille.

126

Allez, je lui sors le grand jeu. Je lève les yeux au ciel et pousse un soupir théâtral.

— D'accord, puisque vous insistez, je paierai ma part. Mais c'est tout ce que je suis prête à vous accorder, alors...

— Sophie..., me prévient-il d'une voix sourde.

— ... alors vous feriez bien d'accepter...

— Taisez-vous.

Il me saisit les épaules. Son visage s'est assombri.

— ... pendant qu'il en est encore temps..., dis-je lorsque sa bouche soudain conquiert la mienne, brûlante, avide, sauvage.

Ce n'est pas le genre de baiser que l'on apprend dans les manuels de romantisme, mais sa violence est telle que mon sang se met instantanément à bouillir dans mes veines. Un invisible arc de feu me déchire le corps, et je me cambre involontairement contre lui sous le feu de la passion. Sa réaction ne se fait pas attendre, et je sens sa virilité se réveiller.

Mes yeux se ferment d'eux-mêmes comme je m'abandonne à cette étreinte folle, féroce, animale. Ma respiration n'est plus qu'un filet rauque peinant à alimenter mes poumons.

Je me répète que ce baiser ne veut rien dire. Je l'ai poussé à bout, c'est tout. J'ai voulu provoquer une réaction, et ça a marché. Bien au-delà de mes espérances, je dois l'avouer.

Ses lèvres, sur les miennes, se font soudain plus douces, moins pressantes. Quelque chose a changé. Ses mains glissent de mes épaules pour descendre dans mon dos, et une onde de sensations pures m'électrise. J'ai réprimé depuis si longtemps mes désirs les plus élémentaires, les plus primitifs, qu'ils reviennent en force au moment où je m'y attends le moins.

J'ai l'impression de ne plus contrôler mon corps. Mes lèvres s'entrouvrent d'elles-mêmes, mes hanches se collent contre celles de Gabriel sans que j'aie eu l'intention de faire quoi que ce soit. Mes jambes se mettent à trembler et je m'affaisse doucement dans ses bras... au moment précis où il me repousse ! Je lui décoche un regard trouble, stupéfait, égaré.

— Ça y est ? demande-t-il en plongeant ses yeux dans les miens.

Ses pupilles évoquent deux morceaux de charbon incandescents. Je déglutis. Une fois. Deux fois.

Aucun son ne franchit mes lèvres.

Bon sang, parle, dis quelque chose, idiote !

Je dois retrouver mon insolence, ce talent pour la provocation qui l'a poussé à faire ce qu'il vient de faire. A m'embrasser.

Ou peut-être pas. Je n'ai pas vu venir le danger, et je n'arrive pas à savoir ce que je ressens. J'ai joué avec le feu, je ne m'attendais pas à allumer la mèche d'un bâton de dynamite.

On ne m'a pas embrassée comme ça depuis...

Allons, qu'est-ce que je raconte ? On ne m'a jamais embrassée comme ça ! Voilà la vérité ! Jamais je n'ai ressenti ce genre d'émotion. Mon corps tout entier en vibre encore. La moindre de mes cellules semble avoir été touchée, irradiée.

— Ne me dites pas que j'ai enfin réussi à vous faire taire, Sophie ?

Il faut que je parle. Maintenant. Il faut que je fasse comme si cela ne m'avait pas affectée. Ma survie en dépend.

Au prix d'un immense effort, je parviens à articuler :

— Ça dépend.

J'entends ma propre voix : détachée, impersonnelle, tranquille. Je ne me connaissais pas ces talents d'actrice. Je ne sais même pas comment je peux avoir une voix si posée alors que je tremble de tous mes membres.

— Vous comptez rester ici et vous lamenter sur votre propre sort ? Ou vous comporter comme un homme et me prouver que vous pouvez faire cent mètres sans vous évanouir ?

Son étreinte se relâche soudain. J'en éprouve une déception fugace.

— Est-ce que vous me laisserez tranquille si j'accepte de vous accompagner ?

— A votre avis ?

— Une bonne goulée d'air frais me paraît soudain une excellente idée, si ça peut m'apporter un semblant de paix. Je vais chercher mon manteau.

Tournant les talons, il quitte la pièce et monte l'escalier. J'entends ses pas au-dessus de ma tête, à l'étage, et me laisse finalement aller contre le vaisselier. Qui sait combien de temps je serais restée là, les yeux dans le vide, si Joe n'avait pas profité de ma distraction pour approcher — en une posture qu'il devait estimer discrète, le ventre à terre et la queue basse — de la vaisselle empilée sur le canapé.

— Joe ! Couché !

Conscient d'avoir fait quelque chose de mal, Joe décampe en vitesse. Je décide de commencer à ranger la vaisselle et, lorsque Gabriel revient enfin, je suis de nouveau moi-même, en pleine possession de mes moyens.

Enfin, presque...

L'air frais de l'hiver ramène un peu de couleurs aux joues de Gabriel. Je m'en veux un peu, je dois l'avouer, de l'avoir forcé à sortir. En même temps, je fais ça pour son bien. Ce n'est pas en restant enfermé toute la journée qu'il va guérir, n'est-ce pas ?

Nous marchons quelques instants en silence. J'ai glissé ma main sous son bras, comme si c'était la chose la plus naturelle du monde. Mais je ne veux pas qu'il s'imagine que je le soutiens et prends donc bien soin de ne pas le tenir trop fermement.

Il s'arrête soudain, à mi-chemin du café, et baisse vers moi un visage pensif.

— Quelque chose ne va pas ?

— Exactement, grommelle-t-il. Quelque chose ne va pas. Vous avez orchestré tout ça, n'est-ce pas ?

— Quoi donc ?

— Allons, ne jouez pas les innocentes. Ça fait deux semaines que vous habitez chez moi. Deux semaines que vous me poussez à bout pour que je fasse ce que je meurs d'envie de faire depuis que vous m'avez administré ce... bouche-à-bouche.

Je me fige. Mon cerveau risque la surchauffe, des tremblements parcourent de nouveau mon corps. Qu'essaie-t-il de me dire ? Qu'il me désire, mais qu'il ne m'aime pas assez pour envisager une relation de longue durée ? Ou qu'il me désire, mais qu'il m'aime trop pour risquer une relation de longue durée, qui ne pourra du fait de son histoire familiale et génétique que se finir en catastrophe ?

— Je... je croyais que vous aviez dit que ce n'était pas du bouche-à-bouche.

Bravo, Sophie. C'est tout ce que tu trouves à dire ?

— En effet. Mais je peux vous dire que ça m'a... ranimé.

— Ah. Parfait.

Non, pas parfait. Gabriel York n'est pas sur le marché. Du moins, pas sur le même que moi. « Jusqu'à ce que la mort nous sépare » est une notion qu'il doit détester. Et comment l'en blâmer ? Un homme tel que lui doit avoir toutes les femmes qu'il désire...

Nous sommes toujours immobilisés au beau milieu du trottoir, blottis l'un contre l'autre, les joues rouges et engourdies par le froid. Lentement, Gabriel lève la main vers moi, comme pour me caresser le visage. Il se ravise au dernier moment, replie ses doigts sur sa paume. Une atroce déception me serre le cœur.

— Bon sang, c'est un sapin de Noël ?

Je cligne des yeux et reviens à la réalité. Il me désigne une vitrine parée de guirlandes et de couleurs, comme si c'était la chose la plus incongrue du monde.

— Mais ce n'est pas encore Noël, que je sache !

Il a saisi la première excuse pour changer de sujet. A ceci près que cette fois, c'est lui qui avait lancé la discussion !

Et pour ma part, je ne trouve rien à redire. Je suis ravie de parler d'autre chose. Ce qui ne signifie pas que j'abandonne l'affaire. Mais je préfère reculer pour mieux sauter. Je dois d'abord comprendre ce qui m'arrive avant d'en parler avec Gabriel.

131

— Bien sûr que c'est Noël, réponds-je enfin, levant les yeux au ciel. Où avez-vous passé le dernier mois ?

Je rougis en réalisant ce que je viens de dire et, comme nous nous remettons en marche, enchaîne :

— Désolée. Oubliez ça. Mais nous sommes mi-décembre, et Noël est dans un peu moins de deux semaines. Au pub, nous sommes submergés de déjeuners de Noël organisés par les entreprises du quartier. Je n'en peux plus d'entendre des chants de Noël passés en boucle !

— Hmm, ravi de ne jamais avoir mis les pieds dans votre pub.

— Allons, ne soyez pas si négatif. C'est quand même agréable de voir les gens s'amuser et passer un bon moment. Et les pourboires sont plus généreux en cette saison.

— On verra si vous êtes toujours aussi enthousiaste dans deux semaines. Le simple mot de « Noël » vous donnera des nausées.

— Non. J'adore Noël. J'adore le rituel. Les décorations, les chansons un peu idiotes à la radio, la course aux cadeaux… C'est une période magique.

Pourtant, en même temps que je prononce ces mots, je me rends compte que Noël, cette année, ne ressemblera en rien aux précédents. Mais je préfère ne pas y penser et renchéris :

— Et vous ? Vous avez des projets pour les fêtes ? Est-ce que votre frère et votre belle-sœur ont prévu de rentrer ? Ou passerez-vous Noël chez vos parents ?

Evidemment, mes questions ne sont pas innocentes. Je cherche une information précise. Ce que j'aimerais savoir, c'est s'il compte passer Noël avec son amie infirmière. Je ne l'ai jamais vue et il n'en a jamais parlé, mais cela ne veut pas dire qu'il n'y a rien entre eux.

Je ne passe pas vingt-quatre heures sur vingt-quatre avec Gabriel, après tout. Un jour, en rentrant, j'ai trouvé un bol de fruits frais. Il m'a dit que la personne qui s'était occupée de ses chiens était passée à l'improviste le lui déposer.

Je me suis plu à m'imaginer une infirmière en retraite, gironde et déjà âgée, qui arrondissait ses fins de mois en s'occupant d'animaux domestiques.

Mais mon imagination me dépeignait parfois, en contrepoint de cela, une jeune infirmière sexy, aux jambes interminables, moderne et sophistiquée, préférant elle aussi une liaison purement physique à un engagement sentimental. Qui sait quel genre de réconfort elle venait apporter à Gabriel pendant que je travaillais au pub, entre midi et deux ?

— En temps normal, je travaille pendant les vacances, déclare mon compagnon, éludant mes questions. Je suppose que pour votre part, vous serez en famille ?

— Non, pas cette année.

Il n'y aura en effet pas de grande réunion de famille sans ma mère. C'est elle qui s'est toujours occupée de l'organiser et de veiller à ce que personne dans le village ne reste seul pour les fêtes. Papa se chargeait de découper la dinde, d'organiser des jeux idiots…

Même Kate a fait savoir qu'elle ne serait pas là. Et je la comprends. Elle veut créer sa propre tradition familiale et passer les fêtes avec son mari. Mais cela veut dire qu'à moi toute seule, je ne pourrai pas recoller les morceaux épars de ce qui fut autrefois la famille Harrington. Je préfère donc renoncer plutôt que de mener un combat perdu d'avance.

— Mes parents se sont séparés il y a quelques mois. Ma mère passe les fêtes au soleil avec son amant.

Comme vous pouvez l'imaginer, ça risquerait de plomber l'ambiance.

— Vous pourriez toujours passer la journée avec Mme Andrews, à écouter ses histoires.

— Je suis sûre que ce serait en tout cas bien plus intéressant que de faire le ménage chez mon père pendant qu'il noie son chagrin dans le whisky. Je me demande si Mme Andrews sera seule, maintenant que vous en parlez.

— Si elle paie quelqu'un pour faire ses courses juste pour avoir une personne à qui parler, c'est probable.

— Hmm, c'est bien ce que je me disais. Je devrais peut-être faire quelque chose.

— Peut-être, oui.

Gabriel détache soudain son bras du mien pour m'ouvrir la porte d'un café. Nous sommes arrivés.

— Eh, Doc ! Où étiez-vous passé ?

L'homme qui se trouve derrière la rutilante machine à espresso nous accueille d'un sourire chaleureux, qui s'efface soudain lorsqu'il avise la mine de mon compagnon.

— *Madre mia*, ça n'a pas l'air d'aller ! Je ne sais pas ce que vous avez fait, mais ça ne vous a pas réussi !

Puis, sans attendre de réponse, il nous indique une table.

— Asseyez-vous, asseyez-vous. Maria va vous préparer un *zabaglione*. Ça va vous requinquer.

— Merci, Marco. Mais... demandez-lui de ne pas y mettre d'alcool. Je crains que ça ne se marie mal avec mes médicaments.

— Pas de problème, Doc, je m'en charge.

134

Le dénommé Marco se tourne enfin vers moi, un sourire charmeur aux lèvres malgré sa cinquantaine ventripotente.

— Et qui est cette ravissante demoiselle ?

— Marco, voici Sophie. Elle s'occupe des chiens jusqu'à mon rétablissement.

— Juste des chiens ? dit Marco avec un gros clin d'œil. Et qui s'occupe de vous, Doc ?

— Elle s'occupe également de moi, à mon grand dam. Mais comme elle ne se prive pas de me le faire savoir, je ne suis pas un patient très facile.

— C'est ce qu'on appelle un euphémisme, dis-je.

— Bon, qu'est-ce que je vous sers ? Qu'est-ce qui vous ferait plaisir ? Sophie ?

— Un muffin chaud et un grand cappuccino, s'il vous plaît.

— Un deuxième cappuccino, ajoute Gabriel.

Marco nous apporte le café quelques instants après, puis s'attarde pour nous inviter à la fête organisée par la paroisse pour la Nativité. Sa fille doit jouer dans la pièce montée pour l'occasion.

— Nous serons ravis de venir, répond Gabriel.

Etrangement, je ne suis pas surprise qu'il m'ait incluse d'office. Marco s'éclipse, sa présence étant requise *pronto* par sa femme, et je souris à mon compagnon.

— Le Père Fouettard à la fête de la paroisse ? Ça va être intéressant...

— Vous viendrez, n'est-ce pas ?

— Oh, je ne raterais ça pour rien au monde. Vous avez l'air de bien connaître le patron. Il vous traite comme un membre de la famille. Vous venez souvent ici ?

— Disons que je travaille beaucoup et que je n'ai pas souvent le temps de cuisiner.

Une jeune fille arrive à cet instant avec mon muffin et des toasts beurrés. Puis elle dépose le *zabaglione* de Gabriel sur la table et sourit timidement. Gabriel lui dit quelques mots en italien, et la voilà qui se met à glousser. Elle me jette un regard en coin et lui murmure quelque chose.

Une nouvelle fois, je m'en veux à mort de ne jamais avoir appris une autre langue. Oh, je baragouine bien quelques mots en espagnol et en allemand, mais pas de quoi tenir une conversation.

Ce qui me rappelle que je ne me suis pas inscrite à ces cours d'informatique, comme je m'étais promis de le faire en décidant de prendre ma vie en main, deux semaines plus tôt…

La jeune fille se tourne de nouveau vers moi, l'air interrogateur. Gabriel m'examine d'un air narquois avant de daigner enfin traduire :

— Lucia a appris que nous irions voir sa pièce ensemble. Elle voudrait savoir si ça veut dire que vous êtes ma petite amie.

Et voilà qu'il sourit. Diable, c'est une arme qui devrait être interdite par la Convention de Genève. J'en suis toute retournée. Mon cœur se met à battre plus vite, un picotement parcourt mes lèvres, comme la sensation fantôme du baiser que nous avons échangé un peu plus tôt. Je me retiens de justesse d'y porter mes doigts.

Je connais ce sentiment. Je l'ai déjà ressenti lorsque Perry Fotheringay me regardait. Mais je connais également tous les autres sentiments qui y sont inextricablement associés : la tristesse lorsqu'il a cessé d'appeler, le désespoir lorsqu'il m'a trahie.

Ce froid glacial qui m'a envahi le cœur, et que j'ai fait mine d'ignorer pendant si longtemps.

Bravo. Je comprends que j'ai moi-même soigneusement élaboré le piège dans lequel je viens de tomber.

J'ai voulu croire que parce que Gabriel était avare de sourires et d'émotions, je ne risquais rien. Je me suis lourdement trompée. Je suis tombée amoureuse, et je sais exactement ce qui va se passer. Je vais finir par souffrir. Mais cette fois, au moins, je suis prévenue.

Alors autant tenter ma chance jusqu'au bout. Si j'arrive à convaincre Gabriel qu'il n'est pas génétiquement condamné à rester célibataire... Je frissonne rien que d'y penser. C'est le paradis que j'entrevois au bout du tunnel. Mais la marche est encore longue, la voie semée d'embûches.

— Je suis une amie, réponds-je d'un ton léger. Le fait que je sois une femme ne fait aucune différence.

Il traduit à Lucia, qui éclate aussitôt de rire et m'adresse un clin d'œil. Apparemment, elle n'est pas dupe. Complicité féminine, sans doute. Puis elle s'éclipse et va rejoindre son père dans la cuisine.

Nous restons seuls, mais Gabriel reste un instant songeur avant de déclarer :

— Ça fait une différence, vous savez.

La bouche pleine de muffin, je ne peux que lever un sourcil interrogateur pour demander : « Qu'est-ce qui fait une différence ? »

— Le fait d'être une femme, explicite-t-il. Si vous aviez été un homme, et si vous m'aviez rendu à moitié fou comme vous l'avez fait, je ne vous aurais pas embrassée pour vous faire taire.

Je rougis jusqu'à la racine des cheveux. Que suis-je censée répondre à cela ?

Bon sang, je suis une vraie gourde. Kate, elle, aurait su quoi dire. Alors j'emploie la tactique préférée de mon compagnon : le changement stratégique de sujet.

Soigneusement, j'avale ma bouchée de muffin, la fais passer d'une gorgée de cappuccino, puis m'essuie les mains sur ma serviette.

— Gabriel ?

— Oui ?

— Puis-je emprunter votre voiture cet après-midi ?

8.

Gabriel doit être bien plus malade que je ne le croyais, parce qu'il ne cille même pas. Sa seule réaction, en réponse à cette requête pour le moins audacieuse, est de me dévisager et de demander :

— Vous êtes assurée ?

— Euh, oui.

Je suis de fait assurée pour tout ce qui roule, du tracteur à la BMW de mon père. Même si les tracteurs ne m'intéressent plus depuis l'âge de dix ans, je suis tout à fait habilitée à en conduire un par ma compagnie d'assurances.

Ça y est, je délire... *Ressaisis-toi, ma vieille.*

— Dans ce cas, servez-vous. Faites juste attention en la sortant du garage, il est un peu étroit.

Il n'insiste même pas pour le faire lui-même ? C'est bien la première fois que je rencontre ce genre de spécimen masculin !

Ah, voilà que je viens de formuler ce dont mon inconscient semble s'être aperçu depuis un certain temps déjà...

— J'essaierai de ne pas trop faire de dégâts.

— Si vous êtes assurée, je ne m'en fais pas outre mesure.

Bon, ma tentative de changer de sujet a fait long feu. Tony, lui, avait failli avoir une attaque cardiaque quand j'avais évoqué la possibilité d'emprunter sa Morgan. Mais il faut dire qu'elle était assemblée à la main et qu'il avait patienté pendant près de trois ans sur une liste d'attente avant de l'obtenir. De toute façon, je n'avais suggéré cela que pour voir la réaction de Tony. Je n'avais pas été déçue !

Je décide d'insister, de peur que Gabriel ne se remette à me parler de ce fichu baiser.

— Vous ne me demandez pas où je vais ?

— Tant que vous rentrez à l'heure pour sortir les chiens, ça ne me regarde pas.

— Il se trouve que justement, si, ça vous regarde. Je pensais amener Joe et Percy à la campagne pour les aérer un peu.

— A la campagne ? Où ça exactement ?

Bingo ! J'ai réussi à retenir son attention. Apparemment, ses chiens comptent plus pour lui que sa voiture. A défaut de cœur, il a au moins des priorités claires.

— Je vais chez mon père. J'en profiterai pour voir comment il va.

— Et vous aurez l'excuse de la voiture et des chiens à ramener s'il insiste pour que vous restiez ?

— Vous êtes perspicace, dis-je en soupirant, embarrassée d'avoir été si aisément percée à jour.

— Il ne peut pas vous forcer à rester si vous n'en avez pas envie, Sophie.

— Oh, il ne dira pas un mot. Mais il s'arrangera pour être pathétique. Il ne se sera pas rasé pendant des jours, le réfrigérateur sera vide, ses vêtements tout froissés...

— Hmm, je vois... Vous avez peur de vous faire avoir, parce que vous avez trop bon cœur.

Je lui décoche un regard noir.

— Pas le moins du monde ! Mon cœur est aussi dur que du vieux cuir ! C'est juste que… que Kate, ma grande sœur, a insisté pour que j'y aille.

— Je ne savais pas que vous aviez une sœur. Elle vit à Londres, elle aussi ?

— Oui. Mais elle était absente, ces derniers temps.

— Eh bien, si elle est de retour, je ne vois pas de raison qui l'empêcherait d'aller voir elle-même votre père, si elle s'inquiète tant que ça pour lui.

— C'est ce que je lui ai répondu. Malheureusement, elle a une excuse en béton. Contrairement à moi, elle a été très attentive à l'école, est allée à l'université et a ensuite décroché un emploi aussi impressionnant que ses diplômes. Elle est avocate.

— Et alors ? Nous sommes dimanche. Aucun des avocats que je connais ne travaille le dimanche.

— C'est vrai. Mais Kate n'est pas seulement intelligente, elle est aussi très belle. Elle s'est donc dégotté un mari merveilleux pour compléter ce tableau idyllique.

— Dois-je déceler un léger complexe d'infériorité de votre part ? me demande Gabriel, dont la mine laisse supposer qu'il s'ennuie prodigieusement.

Et comment lui en vouloir ? Les histoires de famille d'une pauvre petite fille riche ne l'intéressent pas. Ah, non, correction, il ne sait pas que je suis riche. Et d'ailleurs, je ne le suis pas encore. Je ne le serai qu'à trente ans, ou quand je me marierai, conditions fixées par ma grand-mère pour avoir droit à ma part d'héritage.

— Croyez-le ou non, mais je ne fais aucun complexe d'infériorité. Je n'ai jamais été spécialement attirée par la perspective d'un diplôme ou d'un travail valorisant.

— Vraiment ? Et que vouliez-vous, alors ?

Ah, c'est le problème lorsqu'on se laisse entraîner dans ce genre de conversation. On patauge gentiment puis, au moment où l'on s'y attend le moins, on perd pied. Et on boit la tasse.

J'arbore mon sourire le plus aimable et, m'éloignant à grandes brasses imaginaires de la vérité, réponds :

— Ce que je voulais ? M'amuser. Qu'aurais-je pu vouloir d'autre ?

Gabriel m'étudie d'un air perplexe. Je comprends qu'il ne soit guère impressionné par un tel manque d'ambition.

— Vous considérez que promener des chiens, servir dans un pub et nettoyer un magasin de fleurs, le tout pour des sommes dérisoires, sont des choses amusantes ?

— Pour vous dire la vérité, tout ce que vous venez de citer constitue déjà une nette amélioration par rapport à certains autres emplois que j'ai exercés. De plus, cela me permet de rencontrer des gens extraordinaires. Prenez Greta, par exemple, qui travaille chez le fleuriste. Elle élève deux enfants seule, parce que leur père est décédé. Ça doit être sacrément difficile pour elle, mais je ne l'ai jamais entendue se plaindre. Et Alan, au pub... C'est un orphelin, il a été élevé dans une institution d'Etat, et il finance tout seul ses études à l'université.

— Je suis sûr que ce sont des gens merveilleux, Sophie. Mais est-ce que c'est ce que vous aurez encore envie de faire dans cinq ou dix ans ?

— Quoi, m'amuser ? dis-je, faisant mine de ne pas comprendre la question.

— Non, passer la serpillière à quatre pattes. Ou récurer des tables. Ou courir derrière des chiens dans un parc. Excusez-moi, mais ça ne paraît pas coller avec votre téléphone et votre ordinateur dernier cri. Pas plus qu'avec vos vêtements des boutiques les plus exclusives de Londres…

J'ouvre la bouche pour protester.

— Et le fait de couper les étiquettes ne change rien à ce qu'ils sont, renchérit mon compagnon.

J'en reste muette de stupeur. Il a donc remarqué ?

— C'est par égard pour les personnes avec lesquelles je travaille. Mais vous avez raison, bien sûr. Je ne vais pas continuer ce boulot très longtemps. Je ne fais que donner un coup de main, le temps que la femme de ménage habituelle se remette d'une petite opération. Il faudra bientôt que je me trouve quelque chose d'autre.

— J'ai peur de demander quoi…

— Eh bien, je pensais en fait m'inscrire à un cours d'informatique.

Cette fois, la nouvelle provoque une réaction.

— Non. Ne faites pas ça, Sophie.

— Et pourquoi pas ?

— Parce que j'ai vu le mal que vous aviez à envoyer un simple e-mail. L'idée que vous puissiez toucher à des choses plus importantes me fait frémir.

— Merci, vous venez de me remonter le moral.

Gabriel hausse les épaules. Manière polie de me faire comprendre que mon moral, il s'en fiche.

— Si vraiment vous avez besoin d'un travail…

— Parce que vous croyez que je fais ça pour m'amuser ?

Oups. Je me suis trahie.

Mais ça en vaut presque la peine, car je réussis à arracher à mon compagnon l'un de ses rares sourires.

— Ne me dites pas que vous ne pouvez pas faire mieux que vos petits métiers du moment, reprend-il.

Le sourire n'a pas duré longtemps, mais il me semble sentir encore sa chaleur se diffuser en moi. Je soupire.

— Ecoutez, j'ai déjà eu cette conversation avec la fille de l'agence d'intérim. C'est elle qui m'a mise en contact avec vous. Elle estime donc que c'est ce qui me convient le mieux. Et puisque c'est une professionnelle, je ne vois pas ce que je pourrais y redire.

Il reste un instant silencieux, les deux mains jointes sous le menton, l'air songeur. Puis il me regarde droit dans les yeux.

— Ce qu'il vous faut, Sophie, c'est un mari.

Je parviens à dissimuler mon trouble. Evidemment qu'il me faut un mari ! J'ai toujours rêvé de rencontrer l'homme de ma vie. Mais ça ne se trouve pas sous les sabots d'un cheval !

— Je ne sais pas cuisiner, fais-je valoir au cas improbable où il l'aurait oublié.

— Un mari riche, corrige mon compagnon.

— Dommage que celui que je m'étais choisi ait eu d'autres projets.

Re-oups. Je n'ai pas du tout, mais alors pas du tout, voulu dire ça. Ou peut-être que si. Je n'ai jamais eu de mal à cacher l'échec de mon plan de carrière à quiconque. Ce n'est peut-être pas un hasard si j'ai choisi, même inconsciemment, de le révéler à Gabriel.

— Bref, renchéris-je en revenant au sujet de la conversation, j'aimerais passer chez mon père cet après-midi, juste pour m'assurer qu'il ne se laisse pas complètement aller.

— Mais vous n'avez pas l'intention de vous attarder plus que nécessaire, d'où la nécessité d'emprunter ma voiture et mes chiens.

— Vous me trouvez trop dure ?

— Personne ne peut répondre à cette question à votre place. Qu'en pensez-vous ?

— Que mon père a usé de procédés pour le moins douteux pour me forcer à revenir à la maison et à m'occuper de lui, jusqu'à ce que ma mère se décide à recouvrer ses esprits.

Je me retiens de formuler le doute qui me travaille. La crainte qu'elle ne recouvre jamais ses esprits et qu'elle ne revienne pas. J'en ai les larmes aux yeux rien que d'y penser.

— Vous voulez dire qu'il vous a coupé les vivres ? C'est à cause de ça que vous êtes à la rue, obligée d'accepter n'importe quel travail ?

— Non. L'appartement que j'occupais appartenait à ma tante. Elle a décidé de le vendre, mais ça n'a rien à voir avec mon père.

Et si je me trompais ? Et si Cora et papa étaient de mèche ? S'ils se servaient de moi dans l'espoir que je convaincrais maman de rentrer ? Non, c'était tout de même un peu tiré par les cheveux...

— Quoi qu'il en soit, je refuse de céder à son chantage émotionnel.

— Et s'il vous demandait gentiment de rentrer ?

— Dieu merci, ça ne risque pas. Pourquoi croyez-vous que ma mère se dore auprès d'une piscine à Cape Town, au lieu de s'occuper des festivités de Noël comme chaque année, de veiller à ce que tout le monde passe un bon moment ?

— Peut-être qu'elle a envie que l'on s'occupe d'elle, pour changer ? De se laisser dorloter ?

— Exactement. Loin de son égoïste de mari et de son égoïste de fille.

— Je ne vous critique pas, Sophie. Votre père est adulte et responsable. Ses choix ne regardent que lui. C'est juste que je ne vous trouve pas particulièrement heureuse.

— Bien sûr. J'ai beau me répéter que je fais le bon choix, le seul possible, ça ne le rend pas plus facile pour autant. Mon père... est toujours mon père, après tout.

Je marque une pause, puis lève timidement les yeux vers mon compagnon.

— Je suppose que ça ne vous tenterait pas de venir avec moi ? Ça vous sortirait un peu de la maison, pour quelques heures.

— Vous supposez parfaitement.

Je décide de ne pas insister. Je commence à le connaître et je sais que je ne pourrai pas le faire fléchir.

— Comme vous voudrez. Mais si je ne suis pas de retour ce soir, lancez les recherches ! dis-je avec un sourire forcé.

Etrange... Je ne pensais pas qu'un refus me décevrait autant.

— Si vous voulez, me propose-t-il, je vous appellerai sur votre portable dernier cri pour faire semblant de vous demander de ramener la voiture.

— Je préférerais que vous veniez avec moi. Ce serait beaucoup plus convaincant.

— Excusez-moi, mais la perspective d'une confrontation avec votre père ne correspond pas à l'idée que je me fais d'un dimanche à la campagne.

— Mais nous pourrions promener les chiens dans les bois. Un peu d'exercice ne vous ferait pas de mal.

— Merci pour la consultation, docteur. Ainsi que je vous l'ai dit, je vous appellerai. Bien sûr, si vous voulez me raconter l'histoire de votre grand amour déçu, je

146

pourrais peut-être reconsidérer ma position et décider de vous accompagner...

— Il n'y a malheureusement pas grand-chose à en dire. Il a décidé qu'il voulait une femme riche et il a épousé quelqu'un d'autre. C'est aussi simple que cela.

Bon, je sais ce que vous allez dire. Il y a quelques minutes à peine, j'étais prête à lui raconter l'histoire de ma vie. Et maintenant qu'il m'y invite, je me ferme comme une huître.

Je ne sais plus ce que je raconte. Je ne sais plus où j'en suis.

Tout ce que je sais, c'est que je ne veux pas passer pour une pauvre fille qui a passé sept années de sa vie à pleurer sur un minable. Et à propos de pleurer, je sens la boule remonter dans ma gorge et mes yeux piquer de nouveau. Il faut que je me mouche...

— Vous avez attrapé froid ? s'enquiert Gabriel.

— C'est vous le docteur, non ?

— Nez qui coule, œil brillant... Il n'y a que deux possibilités. Vous avez froid. Ou vous pleurez.

Je l'assassine du regard.

— Pourquoi pleurerais-je ?

Il y a une courte pause, et il paraît sur le point de dire quelque chose de... gentil, oui. De m'offrir son épaule sur laquelle pleurer, décharger mon âme. Mais il se contente de hausser les sourcils et de déclarer :

— C'est un coup de froid.

— Exactement. Et que recommandez-vous comme traitement ?

— Buvez beaucoup. Mettez-vous au lit. Restez au chaud.

— Avec une bouillotte ? Ou comptez-vous me proposer la méthode du transfert de chaleur...

Une lueur éclate dans ses yeux, si brutale, si intense que j'en ai le souffle coupé.

Puis il gâche tout en disant :

— Professionnellement parlant…

— Non, docteur, c'est votre opinion personnelle que je veux sur mon cas.

Il met bien trop longtemps à répondre. Je lui ai tendu une perche, mais il ne semble pas comprendre que c'est une invitation unique, quelque chose que je n'ai jamais fait avec aucun homme. L'éclat de son regard m'a un instant donné de l'espoir, mais son silence me fait comprendre que je me suis trompée.

Je sais exactement ce qu'il est en train de faire. Il cherche une excuse, un moyen pour se tirer de cette délicate situation sans m'offusquer. J'aurais pu lui dicter les mots, je les connais par cœur pour les avoir employés moi-même : « Désolé, je vous apprécie beaucoup mais ça ne va pas plus loin… »

Je décide de le dispenser d'avoir à répondre. Autant éviter une humiliation inutile. J'ai compris le message, c'est l'essentiel.

Je regarde ma montre, m'efforçant de le faire le plus naturellement du monde.

— Oh, il est déjà tard. Si je veux profiter de la journée, je ferais bien de me mettre en route sans trop tarder.

— Sophie…

Mais il a attendu trop longtemps. Rien que la façon dont il prononce mon nom, comme pour s'excuser, me fait comprendre que nous allons nous retrouver dans une situation mutuellement embarrassante si je ne m'éclipse pas.

148

Je me lève donc en hâte et, en gentleman qu'il est, mon compagnon m'imite aussitôt. Mais je secoue la tête et, d'un geste, lui fais signe de se rasseoir.

— Ne bougez pas. Restez et finissez votre petit déjeuner. Je sais où sont les clés de la voiture.

Sans attendre sa réponse, je quitte le café. Ou plutôt, je m'enfuis. Je suis ravie du froid qui m'accueille quand je sors. Même s'il me brûle les yeux, il devrait m'éclaircir les idées...

Il ne me faut pas longtemps pour faire monter les chiens à l'arrière. Je ne veux surtout pas être là quand Gabriel rentrera. Encore quelques minutes pour me familiariser avec le levier de vitesses et le tableau de bord, et je démarre.

C'est alors que mon « rhume » empire. La boule, dans ma gorge, gonfle si démesurément que je ne peux presque plus avaler, et un brouillard quasi impénétrable se met à flotter devant mes yeux humides.

Voilà sans doute pourquoi j'accroche la porte du garage en reculant... Ou alors, c'est parce que dans mon rétroviseur, je viens d'apercevoir la haute silhouette de Gabriel York, en contre-jour sur le pâle soleil de cette journée d'hiver.

Ou un mélange des deux. Ce qui est sûr, c'est que mon pied se met à trembler sur l'embrayage. Il y a un horrible raclement de métal contre du bois, et je perds complètement le contrôle. En marche arrière, je heurte l'urne de pierre posée près de l'entrée, celle qui contient l'arbre mort. Elle se fracasse sur le sol et les chiens, à l'arrière, laissent échapper un jappement inquiet.

Enfin, je cale.

Gabriel vient ouvrir ma porte et secoue la tête.

— J'aurais dû deviner que vous étiez aussi peu douée pour la conduite que pour l'informatique.

— N... Non ! Je suis une très bonne conductrice !

Mon pied tremble toujours, je constate que j'agrippe le volant comme si ma vie en dépendait.

— Je conduis depuis que je suis assez grande pour toucher les pédales ! reprends-je avec véhémence. Je n'ai jamais eu la moindre égratignure !

J'aimerais bien le convaincre qu'il y a au moins un domaine où mon cas n'est pas complètement désespéré. Evidemment, les faits ne plaident guère en ma faveur.

Gabriel, pour sa part, se contente de me dévisager en silence.

— Ce que je vous dis est vrai ! m'écrié-je.

Puis, sans aucune raison, je fonds en larmes.

Avant que j'aie eu le temps de sortir un mouchoir, ses bras m'entourent, mes larmes se perdent dans le cachemire de son manteau.

— Non... non...

Je lutte contre l'impulsion qui me pousse à m'agripper à lui. Je ne suis pas une pleurnicharde. Même quand Perry m'a froidement annoncé que nous n'avions pas d'avenir ensemble, je n'ai pas versé une larme. Pas la moindre. Ma fierté, jusqu'à présent, m'a toujours permis de garder l'œil sec et la tête haute. Apparemment, j'en paie le prix aujourd'hui...

— Il faudrait s'assurer que les chiens vont bien, dis-je contre son torse.

— Ils vont bien, ne vous en faites pas.

Il me serre plus étroitement contre lui et, cette fois, je ne résiste pas.

— Je... je suis désolée, Gabriel. Je n'ai pas l'habitude de faire ça.

— Je sais. Ce doit être le choc.

Le choc. Bien sûr. Tout va bien, alors.

Mon visage est niché au creux de son épaule, ses doigts se sont mêlés à mes cheveux. Il m'enlace avec un mélange de fermeté et de douceur. Puis ses lèvres effleurent mon front. C'est parfait. Je ne me suis jamais sentie aussi bien. J'aimerais rester là pour toujours. Ne plus jamais le quitter.

Et ça, ça veut clairement dire que j'ai intérêt à le lâcher tout de suite ! Je me détache de lui, un peu brusquement, mais il ne fait pas mine de me retenir.

Je sors enfin un Kleenex de ma poche, m'essuie les yeux et me mouche. Gabriel en profite pour faire le tour du véhicule et évaluer les dégâts.

— Alors ? C'est grave ?

— Juste quelques bosses sur le pare-chocs. Rien de vital. Les feux sont intacts. Nous pouvons donc prendre la route.

— N... Nous ?

— Poussez-vous. Vous n'êtes pas en état de conduire.

— Je vais très bien !

Mais ma voix tremble, ruinant mon effet. Gabriel me décoche un regard impatient.

— Non, vous n'allez pas bien. Vous vous inquiétez pour vos parents, et vous êtes épuisée à cause de tous ces jobs que vous enchaînez. Sans parler du souci que vous vous faites pour moi.

Je m'efforce de paraître amusée.

— Moi ? Je me ferais du souci pour vous ?

— Vous me prenez pour un idiot ? Vous repassez à la maison deux ou trois fois dans la même journée, sans raison apparente.

Cette fois, je suis démasquée...

— Je ne pensais pas que vous aviez remarqué...

— Je souffre du paludisme, pas de myopie. Vous avez été très généreuse, Sophie, mais vous devez arrêter.

Arrêter ? Je ne veux pas. Je veux continuer à m'occuper de lui, malade ou pas malade, jusqu'à la fin des temps. Mais je me suis déjà assez ridiculisée devant lui. Je prends donc mon ton le plus détaché pour répondre :

— Généreuse ? Vous plaisantez ? Vous n'êtes que l'un de mes petits boulots. Et si vous voulez tout savoir, votre belle-sœur me paie pour veiller sur vous.

Ce n'est qu'un demi-mensonge. Crissie a bien proposé de me payer. C'est juste que j'ai refusé. Mais il n'est pas censé le savoir !

— Je dois simplement m'assurer que vous ne faites pas une rechute et que vous prenez vos repas à heures fixes.

Cette révélation ne paraît pas l'affecter le moins du monde. Il conserve la même mine impassible, vaguement irritée. Malgré cela, je m'en veux d'avoir dit cela. De lui laisser croire que je ne reste avec lui que parce que je suis payée.

— Je ne sais pas combien Crissie vous rémunère, mais je suis certain qu'elle en a pour son argent, avec vous. Si vous êtes aussi consciencieuse avec tous vos employeurs, il n'est pas étonnant que vous soyez si fatiguée. Maintenant, passez sur le siège passager.

— Vous... vous ne pouvez pas conduire, Gabriel. Vous n'êtes pas bien.

— Détrompez-vous, le toubib m'a annoncé que j'étais officiellement guéri depuis trois jours. Jusqu'à la prochaine crise, bien sûr. J'ai bien peur qu'il ne vous faille trouver très vite un nouveau travail.

— Pourquoi ne m'en avez-vous rien dit ?

— Parce qu'il est venu un midi, pendant que vous étiez au pub.

— Oh, mais...

Quelque chose m'intrigue. S'il a compris que je revenais pour m'occuper de lui, pourquoi n'en a-t-il rien dit ?

— A présent que je suis officiellement remis, enchaîne-t-il, je suis parfaitement habilité à vous conduire chez votre père.

Tout cela est ridicule. Gabriel a beau aller mieux, il est encore faible. Mais je le connais à présent assez bien pour ne pas le lui faire valoir, et plus encore pour ne pas décourager une initiative généreuse de sa part.

Et puis, n'est-ce pas exactement ce que je voulais ? J'espérais le convaincre de m'accompagner à la campagne et croyais avoir échoué. J'ai réussi l'impossible : le faire changer d'avis. Même si c'est parfaitement involontaire de ma part, le résultat est là.

Une journée à la campagne lui permettra de faire de l'exercice et de ne plus penser, l'espace de quelques heures, à ses problèmes. C'est tout de même mieux que de tourner en rond entre les quatre murs de sa cuisine, non ?

Je capitule donc et me glisse sur le siège passager. Gabriel prend place au volant, puis prend un paquet de mouchoirs dans la boîte à gants et me le tend.

— Attachez votre ceinture.

Même moi, je sais quand me taire et obéir. Je fais donc ce qu'il me demande.

Gabriel hésite un instant, sourcils froncés, enroulant et déroulant ses doigts autour du volant comme pour affermir sa prise, ou comme s'il doutait soudain de pouvoir conduire. Un tremblement infime parcourt ses mains. Je me garde de tout commentaire.

Il met enfin le contact, recule et me demande un peu abruptement :

— Je suppose que nous prenons la M4 ?

Je ne réalise qu'à ce moment-là que je retenais mon souffle. Je respire profondément et hoche la tête.

— Oui. La M4. Vous sortirez à Windsor.

A Knightsbridge, nous passons devant Harrod's. Le grand magasin est paré de centaines de guirlandes, festons, décorations diverses. Ne manque qu'une bonne couche de neige pour faire de la ville un tableau saisissant de Noël.

— Que comptez-vous faire ?

La voix de Gabriel m'arrache à mon grand vide intérieur. Je lui jette un coup d'œil interrogateur.

— Je veux dire, que comptez-vous faire pour les fêtes ?

Je secoue la tête, la mine sombre.

— Je préfère ne pas y penser.

— Il serait grand temps d'y penser, pourtant. Et votre sœur ?

— Kate et Simon voudront rester seuls. C'est leur premier Noël ensemble. Et Tony, sur lequel j'ai toujours pu compter, vient de rencontrer la fille de ses rêves. Ils vont passer leurs vacances aux Maldives.

Tony m'a appelée la semaine précédente pour m'annoncer la nouvelle. Il paraissait ne pas vraiment comprendre ce qui lui arrivait...

— Tony ? C'est le type qui vous a quittée pour épouser une femme riche ?

— Oh, non, pas du tout. C'est mon meilleur ami. Il était amoureux de moi, à une époque. Je dois avouer que je suis ravie qu'il se soit casé. Au moins, je ne me sens plus responsable de son célibat. Il disait que j'étais la fille de ses rêves. Moi, vous imaginez ?

— J'imagine parfaitement, oui.

C'est bien la dernière réponse à laquelle je me serais attendue, venant de Gabriel. Mais je suppose que je lis plus dans ces quelques mots que ce qu'il a voulu y mettre. Il n'a sans doute répondu cela que par politesse.

C'est vrai que j'ai du mal à me voir dans le rôle d'idole d'un homme. Rôle qu'a toujours occupé ma mère pour mon père, même s'il avait une drôle de façon de le montrer. Comment avait-il pu la laisser partir ? Et comment avait-elle pu le laisser pour ce bellâtre bronzé ?

Peut-être que papa n'était pas seul responsable. Peut-être avions-nous mal jugé ma mère, pensé qu'elle serait toujours là quoi qu'il arrive…

Je m'arrache à ces inconfortables pensées et me tourne de nouveau vers Gabriel.

— Et vous ? Quels sont vos projets pour les fêtes ? Je suppose que vous n'allez pas travailler ?

— Non, je ne vais pas travailler. J'irai faire une promenade avec les chiens, puis je décongèlerai un plat cuisiné.

— Ce n'est pas très festif, tout ça.

— Je n'ai jamais vraiment passé Noël en famille, depuis que je suis adulte. Je ne sais donc pas ce que je manque.

— Oh, je vois. La paix du monde et les urgences médicales diverses ont priorité sur Noël, chez les York.

— Exactement. De toute façon, c'est bien une fête où l'on est censé penser aux autres, non ?

— Mais c'est ce que vous faites toute l'année. Il serait peut-être grand temps de penser à vous en vous offrant un Noël digne de ce nom.

— Je ne saurais même pas par où commencer.

— Par faire des listes. Normalement, on s'y prend début septembre. Après quoi vous préparez des puddings et du gâteau. Ensuite, vous commandez une dinde bien grasse, vous choisissez les cartes de vœux...

Je m'interromps. Il est trop tard pour se préoccuper de ce genre de chose.

— Et ensuite ?

— Eh bien, après avoir dépensé des fortunes pour offrir des cadeaux à tous vos amis, vous devez trouver le plus gros sapin que peut contenir votre salon. Puis vous oubliez votre bon goût et vous le décorez de tout ce qui brille et qui vous tombe sous la main.

— Le manque de goût est essentiel pour une décoration réussie ?

— Absolument. Il est interdit de coordonner la moindre couleur.

Il se met à rire. A *rire* ! Heureusement que ce n'est pas moi qui conduis, ou je nous aurais envoyés dans le mur sous le coup de la surprise. Je suis stupéfaite du changement qui s'opère sur son visage.

Mon silence lui fait comprendre que quelque chose se passe. Il me jette un coup d'œil, et son rire s'éteint lentement.

— Bon, reprend-il avec sérieux. Jusque-là, ça ne m'a pas l'air irréalisable.

— Attendez, ce n'est pas fini...

Comme notre 4x4 avale les kilomètres, j'entreprends de raconter à Gabriel toutes les anecdotes, embellies par les années, qui me viennent des divers Noël que j'ai passé à la maison.

Je lui raconte la fois où nous avons eu une panne d'électricité qui nous a obligés à tout préparer, puis à dîner aux chandelles. Très Dickens.

Puis la fois où ma si parfaite sœur avait abusé du champagne, à l'apéritif, et où elle s'est endormie la tête dans le pudding. J'avoue un petit faible pour celle-ci.

Et il y a celle où Cora a surpris son second mari en flagrant délit de, euh, fraternisation avec sa meilleure amie, dans une chambre à l'étage.

Et l'an dernier, quand Kate et Simon avaient annoncé leur intention de se marier, et que tout m'avait semblé si parfait, si merveilleux...

— Ce n'est pas notre embranchement, là-bas ? dis-je d'une voix soudain rauque.

C'est curieux. Tout à coup, je n'ai plus envie de rire, ni de parler de Noël...

9.

Gabriel, percevant sans doute mon changement d'humeur, met de la musique. Il ne me pose plus de questions, si ce n'est pour me demander des directions, jusqu'au moment où nous arrivons dans le village. La sortie de la messe nous oblige à nous arrêter dans la rue principale.

La postière me remarque aussitôt. C'est bien la dernière personne à laquelle j'ai envie de parler. Mais avant que j'aie pu demander à Gabriel de démarrer, la voilà qui s'avance vers nous ! A contrecœur, je baisse ma fenêtre pour la saluer.

— Sophie ! On ne te voit plus beaucoup ces derniers temps.

Elle jette un regard curieux à Gabriel, puis reprend :

— Tu es venue déjeuner avec ton père ? Lui non plus, on ne le voit pas beaucoup.

— Non, je ne suis pas venue pour le déjeuner. J'ai juste pris en pitié ces deux chiens londoniens à l'arrière et j'ai décidé de les amener respirer le bon air de la campagne. Voici leur maître, Gabriel York. Gabriel, Véra s'occupe de la poste et de l'épicerie. Elle est au courant de toutes les dernières nouvelles.

J'espère qu'il comprendra le sous-entendu. A savoir que Véra, bien qu'adorable, est la plus grosse colporteuse de ragots de la région.

— Enchantée, dit cette dernière. Au fait, tu as des nouvelles de ta mère ? J'espère que ses vacances au soleil se passent bien.

Ses vacances ? C'est donc ce que mon père a dit ? Qui croit-il tromper ?

— Ça doit être dur pour ton père de devoir rester là, soupire Véra. Mais avec la ferme, il ne pouvait pas l'accompagner. Il a beaucoup de travail à cette époque de l'année.

— C'est vrai, réponds-je avec un sourire crispé.

— Ta mère nous manque beaucoup, en tout cas. Tout le monde espère qu'elle sera de retour pour le réveillon. Elle incarne vraiment l'esprit de Noël, avec sa générosité, sa façon de rassembler tout le monde, son sens de la fête. Bien sûr, si elle ne peut pas rentrer à temps, nous comprendrons...

Gabriel, me sentant sans doute sur le point de m'effondrer, me prend la main. Je sens une douce chaleur irradier mon corps, une assurance nouvelle m'envahir. Et je m'entends dire :

— Qu'elle soit de retour ou non, nous fêterons Noël comme il se doit. Dites-le à tout le village. Nous comptons sur vous.

— Vraiment ?

Le visage de Véra s'est éclairé, et je réalise à quel point ma mère leur manque. Elle est le ciment qui tient la petite communauté.

— Mais comment...

— Je m'occupe de tout, dis-je d'un ton ferme.

Puis, dans un accès de réalisme, j'ajoute :

— En fait, j'accepterais bien un peu d'aide. Je travaille jusqu'au 24.

— Bien sûr ! Nous serons tous ravis de mettre la main à la pâte. Nous n'avons jamais osé offrir notre aide auparavant, parce que tu connais ta mère, elle...

Quelqu'un klaxonne, derrière nous, sans doute pressé de rentrer pour le déjeuner dominical. Véra me tapote le bras.

— Appelle-moi dans la semaine. Tu me diras ce dont tu as besoin et je me chargerai de tout organiser ici. J'ai été ravie de vous rencontrer, Gabriel.

Nous n'avons pas fait quelques mètres que je m'affaisse dans mon siège, atterrée.

— Mon Dieu, mais qu'est-ce que j'ai dit ? Je ne suis même pas fichue de faire cuire une dinde !

— Vous savez lire, non ? Vous n'aurez qu'à prendre un livre de cuisine.

— Parce que vous croyez que ça suffit ? Si c'était le cas, nous serions tous des cordons-bleus !

— Toute marche commence par un premier pas, énonce sentencieusement mon compagnon.

— Mais pour Noël, ce premier pas, j'aurais dû le faire en septembre ! Je n'ai pas préparé de pudding, ni de gâteau, ni...

— Laissez-moi m'en charger.

Mon cœur bondit dans ma poitrine, mais je n'ose pas regarder Gabriel.

— Vous voulez dire... que vous allez venir pour Noël ?

— Vous avez veillé sur moi. A présent, c'est mon tour. Nous négocierons mon tarif plus tard. Où est-ce que je vais, en attendant ?

— A droite.

Et moi qui espérais qu'il avait oublié ma remarque blessante sur le fait que Crissie me payait pour m'occuper de lui. Apparemment, je me suis fourré le doigt dans l'œil ! Ça me servira de leçon. Les mensonges, même s'ils partent d'une bonne intention, finissent souvent par vous retomber dessus. Je me promets en silence de ne plus jamais mentir. Puis je me force à sourire et, d'un ton faussement détaché, je réplique :

— D'accord. Mais je ne vous paierai pas autant que ce que je gagnais. Vous ne savez pas cuisiner.

— Vous non plus ! me rappelle-t-il. Mais je connais une femme qui cuisine très bien. Bien sûr, il faudra lui prévoir une place à table.

Mon sourire se fige. Mais c'est toujours d'une voix joyeuse que je lance :

— Plus on est de fous, plus on rit ! Tournez ici.

Papa n'est pas à la maison quand nous arrivons, les chiens non plus.

— Je suppose qu'il a dû les sortir, fait valoir Gabriel, mettant mon soudain silence sur le compte de l'inquiétude.

— Peut-être. Auquel cas nous le retrouverons sans doute dans les bois. Mais ça risque d'être boueux, là-bas. Je vous conseille de mettre autre chose que ces belles chaussures de ville que vous avez là. Tenez, il y a des bottes ici.

Je lui désigne les paires alignées dans l'entrée, tout en me débarrassant de mes propres chaussures et en enfilant des bottes à ma taille.

— Et prenez une veste de chasse, sur ce portemanteau. Ce sera mieux que votre manteau de cachemire, avec tous les branchages.

Nous libérons enfin les chiens. Vêtu de bottes et d'une veste de chasse, Gabriel ressemble fort peu à un chirurgien londonien. On dirait même qu'il a passé toute sa vie dans une ferme !

Les chiens, en tout cas, s'en donnent à cœur joie. Ils courent après les faisans, les poules d'eau ou, lorsqu'ils n'en trouvent pas, après leur propre queue. L'air frais me pique le nez, et je constate que Gabriel a repris des couleurs. Il paraît en bien meilleure santé que lors de notre première rencontre. Je vous concède que ce n'est pas très difficile…

— Que fait votre père ici exactement ? me demande-t-il en balayant du regard les champs qui nous entourent.

— De l'agriculture, un peu d'élevage, et de la chasse pour le plaisir. Il fait également pousser des saules dans le cadre d'un programme d'aide aux énergies renouvelables.

Je me surprends à expliquer à Gabriel les exigences d'une exploitation moderne, les problèmes de rentabilité et de respect de l'environnement. A force d'avoir écouté mon père pendant des années, j'en connais bien plus que ce que je n'aurais supposé.

Bref, je parle, je parle, et j'évite ainsi d'avoir à dire le plus important.

A savoir que j'ai le cœur brisé. Je le sais, ça m'est déjà arrivé.

Mais ce n'est pas si grave. J'ai survécu, et je survivrai encore. Je n'avais qu'à pas tomber amoureuse de la mauvaise personne.

Tout à mes pensées, je m'égratigne la main sur une ronce que je n'avais pas vue et pousse un petit cri de douleur. Gabriel me dégage doucement, puis tamponne la déchirure avec un mouchoir propre.

— Ça fait mal ?

— Ça pique un peu mais...

Il se penche, m'embrasse tendrement sur la bouche. Ses lèvres sont fraîches mais me brûlent comme de la glace. Aussitôt, un million de mots affluent à mon esprit.

Non, pas un million. Le même, un million de fois.

— Ça va mieux ?

— Je... C'est un anesthésique très puissant. Vous devriez le faire breveter.

— C'est un remède vieux comme le monde. Mais rentrons nettoyer ça. Si ça s'infecte, vous ne serez pas très utile le 25.

Ah, nous sommes donc de retour à Noël. C'est exactement l'ouverture que j'attendais !

— Parlez-moi de cette cuisinière émérite à laquelle vous comptez faire appel.

Il me jette un regard curieux. Peut-être n'ai-je pas posé la question d'une façon aussi détachée que je l'avais voulu.

— June ?

— C'est ça. Parlez-moi de June.

— Je l'ai connue à l'hôpital. Elle était infirmière.

Bien sûr. Tous ces regards complices échangés par-dessus la table d'opération...

— Une formidable infirmière, d'ailleurs. Mais elle a eu un accident de voiture qui l'a forcée à arrêter de travailler.

Oh, flûte. Voilà que je ne peux même pas la détester...

— C'est dur.

— Oui, mais c'est une battante. Et elle a toujours adoré cuisiner. Elle n'a pas besoin d'argent, parce qu'elle a reçu une pension généreuse, mais elle a lancé une petite affaire de traiteur à domicile.

— Et accessoirement, elle s'occupe de vos chiens quand vous ne pouvez pas le faire vous-même.

Il s'arrête et baisse vers moi un regard moqueur.

— Jalouse ?

Sur le point de répondre le traditionnel « Pourquoi diable serais-je jalouse de quelqu'un qui s'occupe de vos chiens ? », je me rappelle ma promesse de ne plus jamais mentir.

— Terriblement jalouse, oui.

— Parfait.

Il m'embrasse de nouveau, prenant cette fois tout son temps. Ses doigts frais glissent sous mon menton pour renverser ma tête en arrière, ses yeux plongent dans les miens comme s'ils voulaient aspirer mon âme.

— Vous m'en voyez ravi, murmure-t-il d'une voix rauque, tout contre mes lèvres.

Ce baiser est différent de tous les précédents. C'est comme s'il m'offrait une part de lui dont il a toujours ignoré l'existence. Et cela éveille toute une partie de moi que j'ai refoulée, ignorée, fait taire au cours des sept dernières années.

C'est comme si j'avais vécu, pendant tout ce temps, derrière une vitre. Rien de ce qui se passait devant mes yeux n'a réussi à me toucher. Et soudain, sans avertissement, voilà que la vitre a explosé, que le bruit, l'agitation et les couleurs de la vie m'assaillent tout à coup, agressant presque mes sens assoupis.

Les feuilles tourbillonnent dans le vent de l'hiver autour de nos chevilles, les doigts de Gabriel effleurent mon visage, une bouffée de son parfum envahit mes narines.

164

Ça c'est du bouche-à-bouche ! Et ça marche ! Je me sens soudain revivre. Je tremble de la tête aux pieds, mais je suis bel et bien vivante !

Un fracas de branches cassées, puis de battements d'ailes, fait éclater notre bulle d'intimité. Joe et Percy jaillissent des taillis, à quelques mètres de là, aboyant joyeusement après un couple de faisans. Voyant leurs proies s'envoler, ils bifurquent vers nous et nous regardent en haletant, dans l'espoir d'un compliment.

Gabriel continue de me fixer, l'air plus sérieux que jamais. Puis un sourire illumine son visage.

— Vous aimerez June.

Là, je crois qu'il s'avance un peu. Mais je l'aime lui, et je préfère lui laisser ses illusions.

— Bien sûr.

Puis, parce que je ne veux pas tenter le diable, j'ajoute :

— Enfin, je ferai de mon mieux en tout cas. Mais pour l'instant, nous ferions bien de laisser les faisans tranquilles.

Je me mets en marche, d'un pas rapide, vers la maison. Gabriel siffle les chiens et a tôt fait de me rattraper. Il glisse son bras sous le mien puis, comme nous passons devant la sapinière, s'arrête.

— Qu'est-ce que c'est que ça ?

— Notre élevage de sapins de Noël !

— Là où vous coupez le plus gros et le plus touffu que votre salon peut accueillir ?

— Exactement.

— Nous devrions peut-être en prendre un maintenant, alors.

— Je crois que nous ferions mieux de rentrer. Je m'inquiète pour papa.

Puis, parce que je vois de l'endroit où je me tiens le sapin dont j'ai envie, je me mets à rire et le désigne du doigt.

— D'accord, alors. C'est celui-là que je veux !

Papa n'est toujours pas là quand nous rentrons. Pendant que Gabriel donne à boire aux chiens, je monte nettoyer mon égratignure dans la salle de bains.

En regagnant la cuisine, j'ouvre le réfrigérateur pour voir ce qu'il contient et m'assurer que mon père s'alimente. C'est encore pire que ce que je croyais. Le frigo est complètement vide. Il n'y a même pas de lait.

— J'allais vous demander si vous aviez faim, dis-je à Gabriel quand il me rejoint, posant la main sur mon épaule pour regarder dans le réfrigérateur.

— Il se trouve que je meurs de faim. Mais on dirait que je vais devoir vous offrir le déjeuner en plus du petit déjeuner.

— C'est trop tard. Le pub ne sert plus après 2 heures.

— Mais il y a les stations-service.

En guise de réponse, j'ouvre un placard et, miracle, y trouve deux boîtes de soupe. Gabriel se charge de les ouvrir pendant que je tire du congélateur deux petits pains faits par ma mère. En deux minutes, une bonne odeur emplit la cuisine. Une odeur familière, qui me rappelle des temps plus heureux et me fait presque regretter de ne pas avoir choisi l'option station-service.

— Pour combien de personnes devons-nous prévoir le repas ?

— Pardon ?

Je m'arrache à ma nostalgie pour me concentrer sur le présent. J'essaie également de ne pas trop m'emballer en l'entendant dire « nous ». Gabriel a toujours été clair quant au fait qu'il ne cherche pas une relation de longue durée. Alors inutile de me bercer d'illusions.

— Le repas de Noël ? Vous savez, dans quelques jours ? précise-t-il comme je reste silencieuse.

Je pars d'un petit rire gêné avant de répondre :

— En général, nous sommes une petite vingtaine. Mais ma mère ne sera pas là, et je suppose que tante Cora non plus. Kate et Simon ne viendront pas, et Tony sera aux Maldives. Mais il y a vous et June et...

— Sophie...

— Quoi ?

— J'ai entendu une voiture.

C'est mon père. Il est avec ses labradors et porte Flossie, le vieil épagneul de ma mère, dans les bras. Percy et Joe restent sagement assis en le voyant arriver, gardant respectueusement leurs distances.

Il ne manifeste aucune surprise en m'apercevant et annonce comme si de rien n'était :

— J'ai amené Flossie chez le vétérinaire. Il dit qu'il ne peut rien faire. Ta mère lui manque, c'est tout.

Toute la colère, la rage et l'impuissance que j'ai ressenties au cours des semaines passées s'évanouissent brusquement. Je glisse mes bras autour du cou de mon père.

— Va la trouver, papa. Dis-lui qu'elle te manque, que tu as besoin d'elle.

— Mais je ne peux pas partir. La ferme...

— Tu as des employés qui s'en occuperont très bien tout seuls.

— Les chiens...

Je me rends compte qu'il a peur. Peur de se heurter à un refus de la part de ma mère.

— Nous nous en occuperons, intervient Gabriel.

Papa est dans un tel état qu'il ne songe même pas à s'étonner de cette proposition, venue d'un parfait étranger. Il se tourne seulement vers moi pour demander :

— Tu crois qu'elle m'écoutera ?

— Tu ne le sauras jamais si tu n'y vas pas.

Je me retrouve donc à préparer un sac pour mon père tandis que Gabriel se charge des réservations d'avion. Il vient me retrouver dans la chambre quelques instants plus tard.

— J'ai réservé un vol pour ce soir, m'annonce-t-il.

— Gabriel, c'est impossible. Nous ne pourrons jamais ramener tous les chiens à Londres. Je vais devoir rester pour m'en occuper. Je suis navrée de laisser tomber le pub et Bloomers mais...

— Non, Sophie. Emmenez votre père à l'aéroport. Moi, je vais rester là et m'occuper des chiens.

Je suis tellement soulagée que je ne fais même pas mine de refuser par politesse.

— Merci, Gabriel. Si vous avez besoin de vous déplacer, les clés du 4x4 de mon père sont accrochées dans la cuisine. Mme Marsh, la femme de ménage, passera quotidiennement. Je vais l'appeler pour lui demander de s'occuper de vos repas. A moins, bien sûr, que vous ne préfériez... faire venir June.

— Je vais me débrouiller, répond-il en m'étreignant, ce qui ne répond pas vraiment à ma question. A présent, il est grand temps que vous emmeniez votre père à l'aéroport si vous ne voulez pas qu'il rate son avion. Appelez-moi quand vous serez à la maison.

Le truc, avec Noël, c'est que dès que vous décidez d'en profiter et de faire la fête, c'est un peu comme d'ouvrir une boîte de Pandore : vous êtes vite débordée.

Evidemment, j'ai proposé à Mme Andrews, la vieille dame pour laquelle je fais les courses, de se joindre à nous. Et comme Alan, le serveur avec lequel je travaille au pub, n'a pas de famille, je l'ai également invité.

Et quand je m'aperçois que Greta se demande comment elle va pouvoir offrir un Noël décent à ses deux filles, hop, je les embarque aussi ! Plus on est de fous, plus on rit ! Il suffira de se serrer un peu dans le Range Rover.

Puis, quand j'appelle l'agence d'intérim pour régler quelques détails et demande au dragon — Lucy Cartwright — ce qu'elle fait pour les fêtes, la voilà qui fond en larmes et m'apprend qu'elle vient de quitter l'homme avec lequel elle vivait depuis plusieurs années.

Dieu merci, elle dispose de sa propre voiture, car le Range Rover commence à devenir un peu trop petit...

La veille de Noël, après avoir servi ma dernière portion de dinde au pub, je fais un détour pour voir Paul, le sans domicile fixe que je croisais toujours en bas de chez tante Cora. Cela fait deux semaines que je ne l'ai pas vu, et je veux lui donner des conserves pour son chiot.

— Alors, cet appartement ? Ça avance ?

— On m'a promis quelque chose juste après Noël ! déclare-t-il fièrement. Et un travail ! Les affaires reprennent !

Oui, mais *après* Noël...

Et un nouvel invité, un ! Je l'emmène avec moi et le présente à Gabriel, qui vient d'arriver chez lui et de

169

mettre Tigra dans sa cage. Il a également chargé toutes mes affaires à l'arrière du Range Rover.

— Vous m'avez manqué, murmure-t-il lorsque Paul s'éloigne pour aller prendre les quelques valises qui restent à embarquer.

Il serre brièvement ma main dans la sienne. Ses yeux m'indiquent qu'il ne ment pas. A moins que ce que j'y vois ne soit qu'un simple reflet de mon propre désir…

— Vous avez l'air en bien meilleure forme.

— Je me sens bien mieux. Le grand air m'a considérablement aidé. Et j'ai pris des décisions pour l'avenir.

A cette idée, je suis prise d'inquiétude. Des décisions ? Quelles décisions ? Il y a fort à parier, le connaissant, que je n'en fais pas partie…

Pour dissimuler mon trouble, je souris et je demande avec un enthousiasme forcé :

— Des nouvelles de mon père ?

— Pas encore. Mais ne vous en faites pas.

— Et Flossie, comment va-t-elle ?

— Elle tient le coup.

Mme Marsh et Véra se sont surpassées. La maison resplendit de propreté, le réfrigérateur et le congélateur débordent presque, et elles ont laissé un message sur la table pour m'informer qu'elles arriveront tôt le lendemain matin.

Seules les décorations manquent. Et mes parents.

— Où sont-ils, Gabriel ? J'ai téléphoné, laissé des messages, envoyé des SMS, et toujours rien !

En guise de réponse, il me sourit et m'ouvre les bras. Je m'y blottis. Puis je prends une profonde inspiration et redresse bravement le menton.

170

— Je vais m'en sortir.

— Bien sûr que vous allez vous en sortir.

Il me laisse organiser le dîner de tout le monde et se charge d'allumer un feu dans la cheminée. Alan et Paul, pendant ce temps-là, déchargent la voiture. Quand tout le monde se retrouve enfin dans le salon, une bonne odeur de pommes de terre au four et de fromage fondu flotte dans la maison. Gabriel débouche quelques bouteilles qu'il a apportées de chez lui.

— Détendez-vous. Votre père ne vous laissera pas tomber, me dit-il en me tendant mon verre.

— Non.

Je ne suis toujours pas convaincue, mais je me laisse peu à peu gagner par l'ambiance festive. Voilà qui ressemble déjà un peu plus au Noël que je connais…

Puis j'entends une voiture s'arrêter devant la maison. Lucy ou June ?

Gabriel sort accueillir la nouvelle arrivante, pendant que je retourne dans la cuisine surveiller ma pâte à tarte. Quelques minutes plus tard, je le vois apparaître sur le seuil, suivi d'une femme de petite taille dont je ne distingue pas le visage derrière sa haute silhouette.

Suis-je jalouse ?

Évidemment que je suis jalouse ! Et vous le seriez à ma place !

— Sophie, j'aimerais vous présenter June.

Il se décale. June est une femme élégante, aux cheveux coiffés court, à la silhouette de jeune fille… et âgée d'au moins soixante ans !

Gabriel sourit en avisant mon expression stupéfaite. Il savait exactement ce que je pensais et n'a jamais essayé de me détromper !

J'accueille June avec des effusions qui la laissent sans doute perplexe. Puis Lucy arrive, bientôt suivie de Greta et de ses filles. D'abord intimidées, ces dernières s'animent bien vite lorsque je leur confie la boîte contenant les décorations de Noël, avec pour mission de les éparpiller dans la maison.

Puis, pendant que Gabriel conduit June à sa chambre, Lucy et moi entreprenons de mettre la table pour le repas du soir.

— Vous aviez raison, me fait remarquer Lucy alors que j'ouvre le four pour vérifier la cuisson de mon gratin, me demandant soudain si j'en ai fait assez. Vous avez des talents d'organisation.

Un courant d'air froid me dispense de répondre à ce compliment inattendu. Gabriel vient d'entrer dans la cuisine par la porte de service, celle qui donne dans le jardin. Il a les bras pleins de la plus grosse boule de gui que j'aie jamais vue.

— Où est-ce que vous avez trouvé ça ?

— Je l'ai vue en me promenant dans les bois la semaine dernière. Je pensais aller la cueillir plus tôt, mais je n'en ai pas eu l'occasion.

Je lui décoche un regard sévère.

— Vous voulez dire que vous êtes sorti tout seul ? Dans le noir ? Vous auriez pu tomber ! Et vous blesser ! Personne n'aurait su où vous étiez et...

— Je mange plein de carottes, coupe-t-il avec un sourire malicieux. Je suis en parfaite santé.

Je réalise un peu tard que ma tirade en disait long sur mes sentiments à son égard. Je rougis légèrement.

— Où voulez-vous que je l'accroche ? demande Gabriel.

— Là.

172

Il lève les yeux, à la recherche d'une poutre. N'en trouvant pas, il fronce les sourcils.

— Où ça ?

— Levez-le au-dessus de votre tête. Là, parfait...

Je l'embrasse. Au point où j'en suis, il serait ridicule de cacher mes sentiments...

Je voulais simplement effleurer ses lèvres mais — peut-être est-ce la magie du gui ? — nous nous retrouvons dans les bras l'un de l'autre, à nous embrasser comme si notre vie en dépendait. Et pour être honnête, je commence justement à me demander si ma vie n'en dépend pas...

— Eh, tous les deux, ne gardez pas le gui pour vous tout seuls !

Je me retourne. Tous mes invités sont là qui nous regardent, hilares.

— Vous m'avez manqué, dis-je dans un souffle, de façon que seul Gabriel puisse entendre.

Puis, à voix haute, j'ajoute :

— Ce gui est *merveilleux* !

Je mets dans ce mot tout ce que j'aurais voulu pouvoir lui dire, mais que la présence d'autres gens me force à garder pour moi. Et c'est sans doute tant mieux. Car si je laisse échapper « Je vous aime » devant l'homme qui a banni toute idée d'une relation durable de son esprit, il s'enfuira sans doute en courant.

— C'est vrai. Dix sur dix, renchérit-il en posant une main sur ma joue.

Je soupire d'aise. C'est Noël, nous sommes tous réunis, je me sens incroyablement bien.

— Il ne manque plus qu'un peu de neige et le tableau sera parfait, dis-je en souriant.

Ce n'est pas la neige qui nous arrive une heure plus tard. C'est encore mieux : tante Cora.

Il s'avère que mon gratin suffit largement à nourrir tout le monde. Nous mangeons trop, nous buvons trop, c'est le bonheur. A l'autre bout de la table, Gabriel me regarde. Il ne m'a toujours pas parlé de ses résolutions pour l'avenir, mais je préfère ne pas m'en inquiéter pour le moment...

— Qu'est-ce que vous faites ?

Il est tard, tout le monde est allé se coucher. C'est ce que j'attendais pour accrocher de grandes chaussettes sur le manteau de la cheminée. Une par personne, toutes pleines de petits cadeaux amusants et de friandises diverses. En général, c'est ma mère qui s'occupe de cela. C'est la première fois que je m'en charge en personne et, à ma grande surprise, je prends autant de plaisir à préparer les cadeaux des autres qu'à en recevoir.

— Je joue les Mères Noël, réponds-je à Gabriel. Et vous, vous êtes censé être au lit.

— Et ça, qu'est-ce que c'est ?

Il soulève une boîte que je viens d'empaqueter, avec son nom dessus. La mention « Ne pas ouvrir avant Noël » figure juste dessous.

Mais il l'ignore totalement et tire sur le ruban.

— Eh ! Vous n'avez pas le droit ! dis-je en désignant l'étiquette.

Gabriel me désigne l'horloge posée sur la cheminée.

— Il est minuit, ma belle. Donc, techniquement, c'est Noël et je ne suis pas en infraction... Qu'est-ce que c'est que ça ?

Gabriel étudie avec stupéfaction le déshabillé de soie gris perle, taille 38, qui vient de lui glisser dans les mains.

— Je crois qu'il doit y avoir une erreur.

— Non, il n'y a aucune erreur.

Je lui prends le déshabillé des mains. Je le réservais normalement pour demain soir, mais je me suis consumée de désir toute la soirée, aspirant à me retrouver seule avec lui.

— Allez, venez, je vais vous montrer comment ça marche.

Je lui prends la main, le mène à l'étage et l'abandonne au milieu de ma chambre.

— Ne bougez pas. Je reviens tout de suite.

Lorsque je reparais enfin, vêtue du seul négligé et d'un peu de Chanel N°5, Gabriel ouvre de grands yeux stupéfaits. Pour une fois, je lui ai coupé la chique.

Je noue mes bras autour de son cou, me hisse sur la pointe des pieds et murmure :

— Joyeux Noël, Gabriel.

— Je... je ne sais pas quoi dire.

— Alors ne dites rien. Contentez-vous d'ouvrir votre cadeau...

Je suis tirée de mon sommeil par un grand fracas. M'extirpant des bras de Gabriel pour saisir le réveil, je me rends compte que la commotion vient d'en bas.

Je rejette la couette, attrape un peignoir et, Gabriel sur les talons, je descends dans le salon. Les filles de Greta sont là. L'une crie, l'autre est allongée, immobile, le visage enflé. Elle ne respire plus.

— Les cacahuètes, dit Gabriel en désignant un paquet ouvert renversé par terre.

Prenant la petite fille dans ses bras, il la soulève et la transporte dans la cuisine.

— Elle fait un choc anaphylactique. J'ai besoin d'un couteau très coupant et d'un stylo bille ou d'une paille.

— Qu'est-ce qui se passe ? hurle Greta, qui vient de faire irruption dans la cuisine, elle aussi alertée par le bruit.

— Allez démarrer la voiture, Greta, lui ordonne froidement Gabriel.

Elle s'apprête à ignorer son ordre pour se précipiter vers sa fille, mais je lui mets les clés de la Rover dans les mains.

— Il est médecin, Greta. Faites démarrer la voiture. Et appelez l'hôpital pour leur dire que nous arrivons.

Puis, comme elle hésite encore, je crie :

— Maintenant !

Elle obéit enfin. Je me tourne à temps pour voir Gabriel enfoncer la pointe d'un couteau dans la trachée de la fillette.

— Ote la recharge de ce stylo, m'ordonne-t-il.

Mes mains tremblent tellement que la tâche me paraît insurmontable. J'y parviens enfin. D'un geste précis, Gabriel insère le tube dans l'incision et s'en sert pour envoyer de l'air dans les poumons de l'enfant.

Il me semble qu'il faut une éternité pour aller à l'hôpital, puis une autre éternité pour voir le gonflement réduire sous l'effet de l'antihistaminique. Mais la petite fille reprend enfin conscience et, après avoir reçu quelques points de suture, est mise en observation pour quelques heures.

Je m'aperçois alors que je tremble toujours. Gabriel, lui, est aussi solide et imperturbable qu'un roc.

— Dieu merci, tu étais là, dis-je dans souffle, me blottissant contre son épaule.

— Je serai toujours là, Sophie.

Quelque chose dans la façon dont il vient de prononcer ces mots me fait redresser la tête.

— Que... Comment ça ?

Lentement, il me prend des mains la tasse de thé que j'essayais de boire sans trop en renverser.

— Dis à Lucy de te rayer de ses listes. Je veux t'employer jusqu'à la fin de mes jours. Je n'ai peut-être pas besoin d'une femme, mais j'ai besoin de toi.

Quoi ? Il voulait m'employer ? Ce n'est pas ce que j'attendais...

Je suis dispensée de répondre par l'arrivée de Greta, toujours pâle, secouée, mais souriante.

— Je ne vous remercierai jamais assez tous les deux. J'ignorais complètement que Juliette était allergique...

— Ça arrive parfois subitement, répond Gabriel. L'hôpital va lui donner un inhalateur à garder sur elle en permanence. Ils lui montreront comment s'en servir et comment vivre avec l'allergie. Ils la laisseront sans doute sortir dans une heure ou deux.

Je n'écoute la conversation que d'une oreille distraite. Je me sens soudain particulièrement déprimée. M'employer ? Comment Gabriel a-t-il pu dire une chose pareille ?

— Il faut que je rentre, dis-je brusquement. Je dois m'occuper de la dinde si vous voulez tous manger ce soir.

— Au diable la dinde ! s'exclame Gabriel. J'étais en train de te dire quelque chose d'important. Plus important que le dîner !

Il me prend la main et, ignorant la présence de Greta, de deux infirmières près de la machine à café et de quelques patients attendant une consultation, m'entraîne derrière un rideau.

— Gabriel, dis-je de mon ton le plus raisonnable, inutile de faire tout un drame. Je sais que tu n'as aucune envie de t'engager. Que tu n'as pas besoin d'une femme.

— J'avais tort. Sophie… Je repars en Afrique.

— Oh, je vois. Et tu as besoin de quelqu'un pour t'aider à t'organiser, te forcer à prendre tes médicaments. D'une bonne, quoi.

— Non !

D'un geste vif, il passe une main dans ses cheveux en bataille. Avec le début de barbe qui couvre ses joues, il est incroyablement sexy. Mais je m'efforce de ne pas penser à cela.

— Je veux dire que… J'ai besoin de toi. Vraiment. Je veux savoir que tu n'es pas loin de moi. Je veux pouvoir te serrer dans mes bras, contempler ton visage, entendre ton rire quand le monde me semblera trop sombre…

J'en reste muette de stupeur. Là, c'est autre chose. Je ne le savais pas si romantique !

Je le vois qui cherche ses mots, qui lutte pour exprimer ce qu'il ressent. Mais j'ai compris.

— Gabriel, tout va bien, dis-je en posant un doigt sur ses lèvres.

— Non. Je dois te le dire. Tu m'as sauvé la vie le jour où tu m'as embrassé, plus encore que tu ne le crois. Tu m'as appris à ressentir.

— Qu'essaies-tu de me dire ?

— Ce que j'essaie de te dire, Sophie, c'est que je t'aime.

Des applaudissements éclatent derrière le rideau, mais il les ignore.

— Je sais que tu ne cherches pas non plus un mari, mais je t'aime et je voudrais que tu me donnes ma chance. Pas parce que j'ai besoin que tu t'occupes de moi. Juste parce que quand nous sommes tous les deux, nous sommes davantage que un plus un. Nous sommes un couple. Epouse-moi, Sophie.

C'est mon tour de ne plus savoir quoi répondre !

— Tu devrais faire plus attention à ce que tu dis. Je pourrais bien te prendre au mot.

Avec un sourire, Gabriel plonge la main dans sa poche et en sort une petite boîte. Une bague magnifique repose sur un coussin de velours.

— Comme tu peux le voir, j'ai mûrement réfléchi. Je suis allé l'acheter à Londres la semaine dernière.

Emue, je le laisse me glisser la bague au doigt.

— Crissie avait raison, dis-je d'une voix tremblante. Quand vous voulez quelque chose, chez les York, rien ne vous arrête. Je suppose que ce n'est pas la peine que je joue les difficiles ?

— Tu peux essayer. Mais après la nuit que nous avons passée, c'est un peu tard...

— Chut ! Tout le monde nous écoute.

— Je m'en fiche.

Et il m'attire à lui pour m'embrasser. Je fonds littéralement dans ses bras, ivre de bonheur. Puis, tout à coup, je le repousse et m'exclame :

— Tu ne trembles plus !

— Ça fait plusieurs jours. Depuis que j'ai réalisé que ce ne serait pas la fin du monde si je ne pouvais plus opérer. Après tout, je ne suis pas qu'un chirurgien. Je suis aussi médecin, et des gens ont besoin de moi. C'est pour ça que j'ai demandé à l'association caritative pour laquelle je travaillais s'ils voulaient bien m'engager à plein temps. Evidemment, je me sens un peu égoïste. Tu n'as peut-être aucune envie d'aller en Afrique et...

— Essaie un peu de partir sans moi et tu verras ! lui dis-je en l'interrompant d'un baiser. Mais pour le moment, je te signale que j'ai toute une foule d'invités à nourrir !

Je me trompais.

Quand nous revenons enfin à la maison, nous trouvons Véra en charge des légumes, Mme Andrews en charge des boissons et, en charge de la dinde comme il se doit : ma mère. Le tableau me paraît si familier et si normal que j'en oublie presque qu'elle était partie.

Elle met la dinde au four et, après s'être essuyé les mains, vient me serrer dans ses bras, en une étreinte qui en dit bien plus long que des mots. Inutile de parler. Ah, si, quand même...

— Maman, je te présente Gabriel York. Il s'est occupé de Flossie toute cette semaine.

A la mention de son nom, Flossie redresse la tête et agite joyeusement la queue.

— Nous allons nous marier, reprends-je. Puis nous partirons travailler en Afrique.

— Félicitations, tous les deux.

Et ma mère étreint Gabriel à son tour. Nous partons ensuite en quête de papa et tombons sur Kate et Simon, occupés à mettre la table.

— Elle a oublié de décongeler la dinde, m'explique Simon avec un grand sourire, ce qui lui vaut un coup de pied affectueux de ma sœur.

180

Papa est pour sa part occupé à tisonner le feu. Il paraît encore sous le coup du décalage horaire, mais il est redevenu lui-même.

— Nous nous sommes trompés sur ce professeur de golf, me confie-t-il doucement. Il ne s'est rien passé. Ta mère avait juste besoin d'un peu de temps et d'espace.

— Prends soin d'elle, d'accord ? Et aide-la à refaire le jardin, vu que tu as tondu ses roses.

— Je lui en offrirai des mille fois plus belles.

— Hmm, je crois que personne n'a besoin de nous, me murmure Gabriel à l'oreille. Allons prendre une douche et nous préparer. J'ai un petit cadeau de Noël pour toi...

Épilogue

Mon mariage n'a ressemblé en rien à ce que j'avais planifié des années plus tôt. Nous n'avons pas eu le temps d'organiser grand-chose avant de partir en Afrique.

Nous nous sommes donc mariés au cours d'une petite mais émouvante cérémonie dans l'église du village. Puis nous avons fait une grande fête à la maison.

Les fleurs étaient magnifiques, mais ç'a été notre seule fantaisie. Car notre mariage n'est pas un mariage d'apparat, ou d'apparences : c'est une union fondée sur un amour mutuel, profond.

Et puis, nous avons mieux à faire avec l'argent que nous avons économisé en restant modestes. Comme de financer la construction d'un dispensaire au nom de ma mère, dans le village africain où nous allons partir.

Et ce n'est que le début...

Le nouveau visage
de la collection Or

◆

AMOURS D'AUJOURD'HUI

Afin de mieux exprimer sa modernité et de vous séduire encore davantage, votre collection Or a changé de couverture et de nom depuis le 1er mars 1995.

Rassurez-vous, les romans, eux, ne changent pas, et vous pourrez retrouver dans la collection **Amours d'Aujourd'hui** tous vos auteurs préférés.

Comme chaque mois, en effet, vous y attendent des héros d'aujourd'hui, aux prises avec des passions fortes et des situations difficiles...

COLLECTION
AMOURS D'AUJOURD'HUI :
Quand l'amour guérit des blessures de la vie...

Chère lectrice,

Vous nous êtes fidèle depuis longtemps?
Vous venez de faire notre connaissance?

C'est pour votre plaisir que nous avons
imaginé un rendez-vous chaque mois
avec vos auteurs préférés, vos
AUTEURS VEDETTE dans les
collections Azur et Horizon.

Les AUTEURS VEDETTE vous
donneront rendez-vous pour de
nouveaux livres vedette.

Pour les reconnaître, cherchez
l'étoile... Elle vous guidera!

Éditions Harlequin

ROUGE PASSION

De fiévreuses histoires d'amour sensuelles!

De provocantes histoires d'amour passionnées et romantiques qu'on lit d'une seule traite. Aventureuses, parfois humoristiques, et sensuelles, elles mettent en vedette des hommes et des femmes d'aujourd'hui.

**ROUGE PASSION...
trois nouveaux titres
chaque mois.**

<u>COLLECTION HORIZON</u>

Des histoires d'amour romantiques qui vous mènent au bout du monde!

Découvrez la passion et les vives émotions qu'apportent à la Collection Horizon des auteurs de renommée internationale!

Captivantes, voire irrésistibles, ces histoires d'amour vous iront assurément droit au coeur.

Surveillez nos trois nouveaux titres chaque mois!

69 L'ASTROLOGIE EN DIRECT
TOUT AU LONG
DE L'ANNÉE.

(France métropolitaine uniquement)
Par téléphone 08.92.68.41.01
0,34 € la minute (Serveur SCESI).

Composé et édité par les
éditions Harlequin
Achevé d'imprimer en novembre 2004

BUSSIÈRE
GROUPE CPI

à Saint-Amand-Montrond (Cher)
Dépôt légal : décembre 2004
N° d'imprimeur : 45074 — N° d'éditeur : 10943

Imprimé en France